Drei Ratekrimis
aus der Antike

Renée Holler

Rettet
den Pharao!

Illustrationen von Michaela Sangl

Inhalt

Die Ibisfigur 7
Die Stadt der hundert Tore 16
Von Zauberbüchern 26
Die Stadt der Toten 36
Der Märchenerzähler 46
Inspektorenbesuch 56
Die Schlangengrube 66
Im Grabmal des Zauberers 76
Zu spät! 86
Der Fluch des Ptahhotep 96

Lösungen 106
Glossar 108
Zeittafel 113
Das Leben im alten Ägypten 114
Ägypten zur Zeit Ramses II. 119

Die Ibisfigur

„Todesstrafe!", entfuhr es Seti. „Das darf doch nicht wahr sein ..."

„Pssst!", mahnte ihn der Vater. „Mutter und deine Geschwister sollen von der Angelegenheit nichts erfahren."

Thuja, die neben der Treppe den Brotteig fürs Abendessen knetete, spitzte die Ohren. Irgendetwas stimmte nicht. Kaum waren der Vater und ihr älterer Bruder von der Arbeit aus dem Tal der Könige zurückgekehrt, hatten sie sich in eine Ecke auf dem Hausdach zurückgezogen. Dort hockten sie auf einer Schilfmatte, tranken Bier und flüsterten geheimnisvoll.

„Todesstrafe", wiederholte Seti leise. „Meinst du das im Ernst?"

Der Vater nickte. „Ja. Wenn man Glück hat, werden einem nur die Nase und die Ohren abgeschnitten. Aber keine Sorge, so weit wird es nicht kommen." Er trank einen Schluck Bier und wischte sich den Schaum von den Lippen. „Grabraub", fuhr er fort, „ist eines der schlimmsten Vergehen und muss daher entsprechend bestraft werden."

„Und du bist dir sicher, dass die Männer dich beschuldigen werden?"

Der Vater nickte. „Ist das Essen bald fertig?", rief er laut. Dann senkte er seine Stimme wieder. „Nun hör mir genau zu, Sohn. Morgen früh gehst du nach Theben zum Wesir. Er wohnt in der Nähe des Maat-Tempels. Du musst darauf bestehen, mit ihm allein zu sprechen. Das ist wichtig! Und dann übergibst du ihm dies hier."

Thuja blickte unter gesenkten Lidern hinüber und konnte gerade noch sehen, wie ihr Vater Seti einen kleinen Lederbeutel zuschob.

„Und was soll ich dem Wesir ausrichten?"

„Nichts. Gib ihm nur den Beutel. Er weiß schon, was zu tun ist. Mehr kann ich dir nicht verraten. Je weniger du von der Sache weißt, umso besser für dich. Ich will nicht, dass du dich unnötig in Gefahr begibst. Auf jeden Fall, Seti, traue niemandem, und sei auf der Hut!"

Ein geräuschvolles Klopfen an der Haustür ließ den Vater innehalten.

„Polizei!", drang eine laute Stimme zum Dach empor. „Im Namen des Pharaos, öffnet die Tür!"

Thuja blickte ihren Vater fragend an. Er nickte ihr zu.

Doch bevor Thuja aufstehen konnte, war die schwere Holztür bereits laut krachend aus den Angeln gehoben worden, und zwei Polizisten stürmten die Stufen zum Dach hoch. Danach geschah alles blitzschnell. Einer der Männer packte den Vater, der andere schlug mit einem Knüppel auf Seti ein, der sich die Hände schützend über den Kopf hielt. Thujas jüngere Geschwister begannen zu schreien. Ein Mann ohne Nase, der den Polizisten gefolgt war, deutete auf den Vater und Seti. Er rief: „Das sind sie! Ich erkenne die Grabräuber genau."

„Der Mann lügt", erklärte Thujas Vater dem Polizeichef, der hinter dem Mann die Stufen hochkam.

„Tut mir leid, Ramose", erwiderte dieser. „Wir haben Zeugen, dass Sie und Ihr Sohn an einem Grabraub beteiligt waren. Es bleibt mir gar nichts anderes übrig, als Sie zu verhaften." Und er führte die beiden ab.

Später am Abend, als sich die erste Aufregung gelegt hatte und die Mutter damit beschäftigt war, die jüngeren Geschwister ins Bett zu bringen, hockte Thuja auf dem Dach und dachte nach.

„Vater und Seti Grabräuber?", murmelte sie. „Das ist doch lächerlich. Die Zeugen irren sich bestimmt." Sie konnte es einfach nicht glauben.

Vaters Bierkrug, der bei der Aufregung umgefallen war, lag noch immer auf dem Boden. Sie hob ihn auf und begann, das verschüttete Bier aufzuwischen. Was, wenn die beiden tatsächlich zum Tode verurteilt würden? Sie mochte gar nicht weiterdenken. Wer würde für die Familie sorgen? Ohne den Vater und Seti würden sie ihr Haus im Arbeiterdorf und die monatlichen Essensrationen verlieren. In diesem Augenblick bemerkte sie den Lederbeutel. Seti hatte ihn wohl bei seiner Verhaftung fallen lassen. Sie griff neugierig nach dem kleinen Säckchen und leerte den Inhalt in ihre Hand.

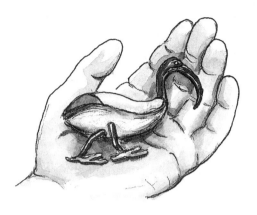

„Und das ist alles?", murmelte sie enttäuscht. Außer einer kleinen Vogelfigur – einem Ibis mit langem, gebogenem Schnabel – war der Beutel leer. Doch plötzlich wurde ihr alles klar.

„Vater hatte alles genau berechnet", flüsterte sie ungläubig und betastete den langen Schnabel des Vogels. „Er wusste genau, dass die Polizei auf dem Weg war, ihn zu verhaften. Deswegen gab er Seti die Vogelfigur. Er sollte damit den Wesir bestechen. Mit Setis Verhaftung hatte er allerdings nicht gerechnet."

In diesem Augenblick landete ein Hund neben Thuja und hüpfte freudig kläffend an ihr hoch. Vor Schreck ließ sie die Figur fallen, die klirrend in unzählige Scherben zersprang.

„Seit wann sprichst du mit dir selbst?", rief ihr ein Junge vom Nachbardach zu, nahm Anlauf und folgte dem Hund mit einem Riesensprung über die Kluft zwischen den Häusern.

„Hapu, kannst du nicht auf deinen Hund aufpassen?", fauchte ihn Thuja an. „Schau, was er angerichtet hat!" Vor Wut und Verzweiflung traten ihr Tränen in die Augen.

„Oje!", murmelte der Junge und betrachtete die Scherben auf dem Boden. „Tut mir wirklich leid. Hor hat es nicht böse gemeint. Er wollte dich nur begrüßen." Er begann, die Scherben aufzulesen. „Die können wir sicher wieder zusammenkleben."

Thuja riss ihm den Schnabel des zerbrochenen Vogels aus der Hand.

„Lass die Finger davon!", rief sie aufgebracht. Ihre Mundwinkel zuckten verdächtig. „Vater und Seti ... im Gefängnis", stammelte sie, und sosehr sie auch dagegen ankämpfte, es liefen ihr Tränen die Wangen hinab.

„Was?" Hapu blickte sie verlegen an. „Ich verstehe gar nichts mehr." Auch Hor schaute das weinende Mädchen ratlos an, während er leise winselte.

„Wenn sie Glück haben", schluchzte Thuja, „schneiden sie ihnen nur die Nase und die Ohren ab. Aber vermutlich werden sie zum Tode verurteilt."

„Todesstrafe? Wer will wem die Nase abschneiden?" Hapu sah sie verdutzt an. „Beruhige dich erst mal, und dann erzählst du mir alles der Reihe nach."

Thuja schniefte und begann, ihrem Freund stockend von dem geheimnisvollen Gespräch zwischen ihrem Vater und Seti, der anschließenden Verhaftung und dem Lederbeutel mit dem Vogel zu berichten.

„Dein Vater und Seti Grabräuber?" Hapu schüttelte heftig den Kopf. „Da liegt bestimmt ein Irrtum vor."

„Das glaub ich auch", warf Thuja ein. „Aber was ist mit der Ibisfigur? Meinst du nicht, dass es sich bei dem Vogel um Beute aus dem Grab handelt und Vater damit den Wesir bestechen wollte?"

„Auf keinen Fall. Dein Vater und Bestechung, das passt nicht zusammen." Hapu war sich ganz sicher. „Außerdem", meinte er, während er eine Scherbe genauer untersuchte, „stammt diese Figur aus keinem

Grab. Die ist viel zu neu. Nun mach dir mal keine Sorgen. Sobald die Polizei feststellt, dass es sich um ein Versehen handelt, werden die beiden wieder freigelassen."

„Hoffentlich hast du recht", seufzte Thuja und putzte sich die Nase. „Allerdings werde ich die Reste der Vogelfigur trotzdem zum Wesir bringen." Sorgfältig begann sie, den Boden abzusuchen und die Scherben auf einen kleinen Haufen zu legen. „Was ist denn das?" Auf der Matte lag ein zusammengefalteter Zettel. „Muss aus der Figur gefallen sein."

„Genau, das ist es! Dein Vater wollte den Wesir nicht bestechen, sondern ihm eine Botschaft zukommen lassen." Aufgeregt riss Hapu Thuja den Zettel aus der Hand und faltete ihn auseinander. „Na, habe ich es nicht gleich gesagt?" Triumphierend hielt er das dicht mit Hieroglyphen beschriebene Blatt vor Thujas Nase.

Sie betrachtete es stirnrunzelnd. „Und was soll das bedeuten?", murmelte sie. „Ich kann nicht lesen."

„Kein Problem", erwiderte Hapu selbstbewusst. „Ich kenne zwar auch nicht alle Hieroglyphen, aber ich habe immer einen Zettel bei mir, auf dem ich die wichtigsten Buchstaben aufgeschrieben habe." Er zog einen zerknitterten Papyrus hervor. „Was ich allerdings nicht verstehe, ist, warum dein Vater den Text nicht in hieratischer Kurzschrift verfasst hat. Das geht schneller und ist zudem einfacher zu entziffern."

„Vielleicht wollte er das Lesen des Textes noch zusätzlich erschweren?", schlug Thuja vor.

„Gut möglich. Also, pass auf", erklärte der Junge. „Das erste Zeichen auf meinem Zettel klingt wie A, das zweite wie B, das dritte wie C." Und stockend begann er, die Botschaft vorzulesen.

? *Wie lautet die Botschaft?*

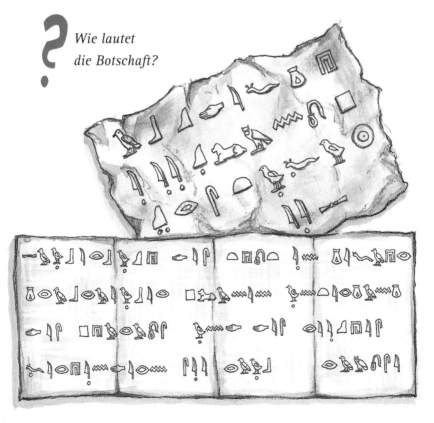

Die Stadt der hundert Tore

„Warte auf mich!", rief Hapu atemlos. „Ich will auch mit." Er stürmte den Pfad, der zu den Totentempeln führte, hinab, nur wenige Schritte hinter Hor, der ihm schwanzwedelnd vorauslief.

Thuja hielt inne und blickte sich nach dem Freund um. „Musst du nicht zur Schule?"

„Und wennschon", antwortete Hapu. „Ich kann dich doch unmöglich alleine zum Wesir gehen lassen."

Sie musterte den Jungen kritisch. „Bekommst du keine Schläge, wenn dein Lehrer herausfindet, dass du den Unterricht schwänzt?"

Hapu grinste. „Nicht, wenn ich mir eine glaubwürdige Entschuldigung ausdenke." Er dachte nach. „Unsere gute, alte Katze ist plötzlich verstorben, und ich muss ihre Einbalsamierung organisieren."

„Und wenn dich jemand sieht?" Thuja zweifelte. „Wir müssen doch an der Schule vorbei."

„Das muss ich riskieren", meinte Hapu sachlich. „Außerdem ist das ja sowieso der richtige Weg zu den Balsamierern."

Wenig später spazierten die Kinder und der Hund zügig an den weißen Tempelmauern des Ramesseums vorbei, hinter denen die Schule lag.

„Glück gehabt", atmete Hapu auf, als sie kurz darauf rechts in eine Straße abbogen. Hundert Meter weiter, jenseits des Sethos-Tempels, begann das Ackerland. Von hier aus bot sich ein einmaliger Blick auf die prunkvollen Paläste und Tempel Thebens auf der anderen Seite des Nils. Die farbenprächtigen Mauern, die den Tempelbezirk von Karnak umgaben, strahlten im Licht der Morgensonne, und bunte Fahnen flatterten über den hohen Pylonen. Außerhalb der Mauern konnte man die Lehmhäuser der einfachen Leute erkennen, die dicht gedrängt die engen Gassen der Stadt säumten.

„Die Stadt der hundert Tore", sagte Hapu. „So wird Theben in anderen Ländern genannt."

„Tatsächlich? Vater meint, es sei eine ewige Baustelle. Jeder Pharao würde neue Bauten hinzufügen."

Die Straße führte auf einem erhöhten Damm an einem Bewässerungskanal entlang.

„Dort ist die Anlegestelle der Fähre", rief Thuja. „Komm, beeil dich, damit wir sie noch erwischen."

Wenig später fanden sie sich im Trubel des Hafens auf der anderen Seite des Flusses wieder. Am steiner-

nen Uferkai löschten Nilboote ihre Ladung, daneben priesen Händler lautstark ihre Waren an.

„Und wie sollen wir in dieser riesigen Stadt die Villa des Wesirs finden?" Thuja blickte sich ratlos um.

„Immerhin wissen wir, dass er in der Nähe des Maat-Tempels wohnt", meinte Hapu ermutigend.

„Und wo ist der Maat-Tempel?"

Er zuckte mit den Schultern. „Keine Ahnung."

Schließlich spazierte Thuja auf einen Hafenarbeiter zu, der einen schweren Sack schleppte.

„Der Maat-Tempel?" Der Mann kratzte sich nachdenklich an der Schläfe und begann zu erklären.

„Also, am besten geht ihr erst zum Amun-Tempel."

Der Arbeiter deutete auf einen kolossalen Bau, der die Lehmhäuser im Hafen überragte. „Von dort, immer die Tempelmauer entlang, gelangt ihr zur Sphinxen-Allee. Das ist die breite Straße, die von Löwenfiguren mit Menschenköpfen gesäumt ist. Wenn ihr der Allee folgt, könnt ihr den Maat-Tempel nicht verfehlen. Das Haus des Wesirs? Das weiß ich auch nicht. Da müsst ihr am Tempel nochmals fragen."

„Ich habe schon gedacht, wir finden die Villa des Wesirs überhaupt nicht mehr", seufzte Thuja erleichtert, als sie endlich vor der hohen Lehmmauer standen, die das Grundstück einsäumte. Außer den Palmen und Sykomoren, deren Wipfel über die Mauer spitzten, konnte man von der Gartenanlage und dem Gebäude nichts sehen. Thuja klopfte an das Eingangstor.

„Jetzt bin ich aber gespannt, wie der Wesir auf unsere Nachricht reagieren wird", flüsterte sie, „und vor allem, ob er Vater und Seti freilassen wird."

Das Tor öffnete sich quietschend, und ein riesiger Nubier musterte die Kinder und den Hund von oben bis unten.

„Was wünscht ihr?", fragte er kühl.

„Wir haben eine wichtige Nachricht für den Wesir", erklärte Hapu.

„Dann gib schon her!"

Thuja räusperte sich. „Wir haben strikte Anweisungen, persönlich mit dem Wesir zu sprechen."

„Ich verstehe. Da müsst ihr in einer Woche wiederkommen, wenn er aus Abu Simbel zurück ist", gab der Nubier mürrisch Auskunft und wollte das Tor schließen.

„Hat er keinen Vertreter?", fragte Hapu schnell. „Es ist wirklich sehr wichtig. Es geht um Leben und Tod."

Der Mann betrachtete das Trio abwägend. „Um Leben und Tod? Na, das klingt ja tatsächlich äußerst wichtig." Sein grimmiges Gesicht zeigte den Anflug eines Lächelns. „Meine Herrin ist zu Hause. Vielleicht kann sie euch weiterhelfen." Er ließ die Kinder eintreten. „Der Hund muss draußen warten", fügte er hinzu.

Ein Diener führte die beiden Besucher durch den Garten, vorbei an einem Wasserbecken, in dem rosa und weiße Seerosen schwammen.

„Mein Vater hat Seti ausdrücklich gesagt, dass er nur dem Wesir trauen darf", zischte Thuja Hapu zu. „Wir können die Botschaft unmöglich seiner Frau überbringen."

„Aber vielleicht kann uns die Frau des Wesirs ja trotzdem weiterhelfen", beharrte der Junge.

„Niemals! Wir dürfen das Zauberbuch unter keinen Umständen erwähnen!"

Die Kinder folgten dem Diener die Stufen zur Villa hoch und betraten eine säulengeschmückte Eingangshalle. Hapu wollte sich gerade genauer umsehen, als eine elegante, junge Frau in den Raum schritt. Sie trug eine langhaarige, schwarze Perücke, die mit einem goldenen Stirnband geschmückt war. Ihre Lippen waren rot umrandet und die Lider mit blauem Lidschatten geschminkt. Das bodenlange Leinenkleid war in kleine Falten gelegt. Um den Hals trug sie einen Halskragen aus Lapislazuli, Türkisen und Jaspis, und an ihren Handgelenken klirrten unzählige Armreifen. Zwei junge Dienerinnen, kaum älter als Thuja, fächelten ihr mit Pfauenfedern frische Luft zu.

„Was wünscht ihr?", fragte sie lächelnd.

„Wir ... wir müssen den Wesir sprechen", stotterte Hapu.

„Da muss ich euch enttäuschen. Mein Gemahl weilt derzeit mit dem Pharao im Süden des Landes, um einen neuen Tempel zu besichtigen. Kann ich euch helfen?"

Hapu warf Thuja einen fragenden Blick zu. Doch das Mädchen schüttelte heftig den Kopf. „Nein, können Sie nicht", antwortete sie schroff. „Wir müssen mit Ihrem Mann sprechen. Vielen Dank und auf Wiedersehen." Sie verbeugte sich und eilte dem Ausgang zu.

„Wie konntest du nur so unhöflich sein!", meinte Hapu vorwurfsvoll, als sie durch die engen Gassen Thebens zurück zum Hafen liefen. „Die Frau war sehr nett. Wir hätten ihr bestimmt trauen können."

„Ach ja? Du weißt genau, was mein Vater gesagt hat: Traue niemandem, und sei auf der Hut. Da bildet die Frau eines Wesirs keine Ausnahme."

„Und wer soll jetzt den Diebstahl des Zauberbuchs und den Untergang unseres Landes verhindern?" Hapu schaute sie herausfordernd an.

Thuja zuckte mit den Schultern. „Keine Ahnung. Aber da wird uns schon etwas einfallen."

An der Anlegestelle war inzwischen noch mehr los als am Morgen. Auch auf dem Nil herrschte Hochbetrieb. Ein Handelsschiff mit gehissten Segeln reiste flussaufwärts. Eine Barke zog in Richtung Norden. Und überall waren die Binsenboote der Fischer zu sehen, die in Ufernähe durchs seichtere Wasser stakten.

„Schnell, wenn wir uns beeilen, erreichen wir die Fähre noch", rief Hapu und begann, im Eiltempo den Steg entlangzulaufen. Doch zu spät! Das Boot hatte bereits abgelegt.

„So ein Mist!" Der Junge stampfte missmutig mit dem Fuß auf. „Es dauert sicher ewig, bis die nächste Fähre übersetzt." Er setzte sich hin und baumelte mit den Füßen im Wasser. Thuja kniete sich neben ihn und kraulte Hor, der seinen Kopf in ihren Schoß gelegt hatte, hinter den Ohren.

Plötzlich hatte Hapu eine Idee. „Wir könnten über den Fluss schwimmen", schlug er vor.

„Machst du Spaß, oder bist du verrückt geworden?", fragte ihn Thuja verblüfft.

„Der Wasserstand ist um diese Jahreszeit niedrig", erklärte der Junge und erhob sich. „Komm! Das Wasser ist erfrischend kühl, und bis die nächste Fähre hier ankommt, sind wir längst auf der anderen Seite." Schon wollte er zum Sprung ansetzen, als Thuja ihn am Arm packte.

„Nein", rief sie. „Da kannst du auf keinen Fall rein. Das ist viel zu gefährlich!"

Was hat Thuja gesehen?

Von Zauberbüchern

Hapu biss die Zähne zusammen, als die Rute auf seinem Hinterteil landete.

„Aber unsere Katze ist wirklich gestorben", log er. Doch es war zwecklos. Khun-Anup, sein Lehrer, glaubte ihm kein Wort.

Kurz darauf hinkte Hapu zu den anderen Schülern, die im Tempelhof im Schatten einer Palme hockten. Schwerfällig ließ er sich im Schneidersitz nieder. Der Schreibunterricht begann.

„Betrachten wir das Zeichen für *nu* – Wasser." Der Lehrer malte mit seinem Pinsel zwei kleine Wellenlinien auf eine Tonscherbe. „Dieses Zeichen steht, wie ihr bereits wisst, nicht nur für Wasser, sondern auch für den Buchstaben *n*."

Ein Junge meldete sich aufgeregt.

„Ja, Nefer?", fragte ihn Khun-Anup.

„Mein Name beginnt mit einem *n*, dem Zeichen für Wasser."

„Richtig. Und was bedeutet dies?" Er malte eine Hand auf die Scherbe.

„*Dot* oder Hand, Herr Lehrer, und das Zeichen steht zugleich für den Buchstaben *d*."

Später mussten die Jungen mit Pinseln aus Schilfrohr auf ihren Tontafeln Schreibübungen ausführen. Dazu schrieben alle den gleichen Text ab, den sie anschließend im Chor dem Lehrer vorlasen. Auch nach der Mittagspause ging es langweilig weiter. Sie hatten Religionsunterricht, und Khun-Anup berichtete von den Beerdigungsritualen der Ägypter.

„... Haushaltsgegenstände, Uschebtis, Amulette und natürlich Totenbücher", zählte er eine lange Liste von Gegenständen auf. „Wer von euch weiß, um was es sich dabei handelt?" Er blickte fragend im Kreis herum.

Nefer meldete sich eifrig, während Hapu hinter vorgehaltener Hand gähnte.

„Grabbeigaben", antwortete der Klassenbeste.

Khun-Anup nickte. „Gut, und damit bin ich bei dem Thema angelangt, das ich heute ausführlicher mit euch besprechen will." Er räusperte sich. „Das Totenbuch. Eine der wichtigsten Grabbeigaben, ohne die ein Verstorbener in der Unterwelt verloren wäre. Wer weiß, worum es sich dabei handelt?"

Selbst der altkluge Nefer schwieg.

„Totenbücher sind Zauberbücher", erklärte der Lehrer.

Zauberbücher! Hapu setzte sich ruckartig auf. Plötzlich war alle Langeweile verflogen, und er lauschte aufmerksam den Ausführungen seines Lehrers.

„Wie ihr sicher alle wisst, muss die Seele eines Verstorbenen auf ihrer Reise durch die Unterwelt alle möglichen Gefahren und Abenteuer bestehen. Da gibt es giftige Schlangen, gefährliche Krokodile und böse Geister, die den Verstorbenen mit ihren Netzen auflauern. Wie nun kann es eine Seele schaffen, all diese drohenden Gefahren heil zu überstehen?" Khun-Anup betrachtete seine Schüler. „Hat jemand eine Idee?"

„Wenn das Totenbuch ein Zauberbuch ist, sind darin vermutlich Sprüche enthalten", schlug Setna, ein Junge mit einer langen Locke, vor. „Ich meine Formeln, mit denen sich die Reisenden schützen können."

„Richtig!", lobte der Lehrer. „Es handelt sich um eine Sammlung magischer Texte, die den Verstorbenen helfen, die drohenden Gefahren zu bannen. Außerdem", er hielt einen Augenblick inne, „sind in dem Buch unzählige andere nützliche Informationen enthalten. Da gibt es Beschwörungen, die der Seele helfen, tagsüber die Welt der Lebenden zu besuchen und abends auf der Barke des Re wieder in die Unterwelt zurückzukehren. Ja, Hapu?" Der Lehrer blickte auf den Jungen, der aufgeregt mit den Fingern schnalzte.

„Ist das Totenbuch das Gleiche wie das Zauberbuch des Thot?", fragte Hapu aufgeregt.

„Das Zauberbuch des Thot?" Khun-Anup musterte ihn kopfschüttelnd. „Wie kommst du auf diese Idee?"

Hapu zuckte mit den Schultern. „Keine Ahnung. Muss es wohl irgendwo in der Nekropole gehört haben", flunkerte er.

„Das Zauberbuch des Thot", erklärte Khun-Anup bestimmt, „hat mit den Totenbüchern absolut gar nichts zu tun. Trotzdem werde ich euch kurz erläutern, worum es sich dabei handelt. Der Legende nach", erzählte er, „gehörte dieses gefährliche Buch dem großen Zauberer Ptahhotep. Man sagt, wer in den Besitz dieser Texte gelangt, kann damit nicht nur die Welt der Lebenden, sondern auch die Unterwelt beherrschen. Angeblich sollen darin sogar Formeln enthalten sein, die es den Menschen ermöglichen, die Sprache der Tiere zu verstehen."

Die Jungen staunten.

„Aber", und Khun-Anup hob wie zur Warnung einen Zeigefinger, „in den falschen Händen könnte ein solches Buch missbraucht werden. Ptahhotep war sich dessen bewusst und hat es mit in sein Grab genommen."

„Weiß man denn, wo der Zauberer begraben liegt?", fragte einer der Schüler.

„Nein", antwortete Khun-Anup lächelnd. „Das würden viele gerne wissen."

„Und was, Herr Lehrer", wandte Hapu ein, „wenn nun Grabräuber auf die Spuren des Grabes kämen? Wäre das nicht gefährlich für Ägypten und den Pharao?"

Der Lehrer nickte. „Ja, der Untergang unseres Landes wäre gewiss. Doch der kluge Ptahhotep hat auch dies vorausgesehen. Er ahnte, dass Generationen nach ihm nach dem Zauberbuch suchen würden. Um zu verhindern, dass es jemandem mit schlechten Absichten in die Finger fällt, hat er es mit einem Fluch belegt."

„Und?", Hapu war gespannt. „Weiß man, was das für ein Fluch ist?"

Khun-Anup schüttelte den Kopf. „Das ist uns nicht überliefert. Der Legende nach soll eine geflügelte Kobra das Zauberbuch, das in einer mit Edelsteinen besetzten Schatulle aufbewahrt wird, bewachen. Was geschieht, wenn jemand die Schatulle öffnet, bleibt ein Geheimnis. Aber so weit wird es ohnehin nie kommen. Da könnt ihr ganz beruhigt sein. Der Pharao und unser Land sind nicht in Gefahr."

Sind sie doch!, hätte Hapu beinahe laut aufgeschrien, hielt sich allerdings im letzten Augenblick zurück.

Khun-Anup klopfte mit seiner Rute auf den Boden. „Lasst uns nicht weiter abschweifen. Zurück zu den Totenbüchern." Wie aus weiter Ferne hörte Hapu, wie Khun-Anup seinen Vortrag von der Reise durch die Unterwelt fortsetzte, doch er hörte kaum noch zu.

„... schließlich kommt die Seele des Verstorbenen in der Halle der beiden Gerechtigkeiten an, wo das Totengericht des Osiris tagt", berichtete der Lehrer. „Dort wird das Herz des Toten in eine Waagschale gelegt. Gibt er ehrliche Antworten, hält sein Herz mit der Feder der Gerechtigkeit in der anderen Waagschale das Gleichgewicht. Lügt er und sind seine Sünden schwerer als die Feder, dann wartet bereits ein furchterregendes, riesiges ..."

Das Totengericht interessierte Hapu nicht. Seine Gedanken kreisten nur noch um eines: Wie nur sollten Thuja und er das Reich und den Pharao vor dem Untergang bewahren?

„Hapu!", riss ihn die strenge Stimme des Lehrers aus seiner Träumerei. „Wer wartet auf den Sünder, um ihn zu verschlingen?"

„Ähm …" Hapu wusste die Antwort nicht. „Eine Kobra?"

„Wer den Unterricht verschläft", rügte ihn Khun-Anup, „muss nachsitzen. Und ich weiß schon, was du als Strafe für mich tun kannst." Dann klatschte er in

die Hände. „Genug für heute! Ihr anderen könnt nach Hause gehen."

Die Jungen erhoben sich und strömten dem Ausgang zu. Hapu blickte ihnen sehnsüchtig nach. Der Lehrer hatte inzwischen in einer Holztruhe, in der er seine Schreibsachen aufbewahrte, gesucht und breitete nun mehrere bunte Papierschnipsel vor dem Jungen aus.

„Das ist eine Szene aus dem Totenbuch", erklärte er. „Genauer gesagt eine Abbildung des Totengerichts." Khun-Anup deutete auf eine hundsköpfige Figur. „Das ist Anubis, der den Verstorbenen empfängt. Daneben steht Thot mit seinem Ibiskopf. Er hält als Schreiber den Verlauf der Verhandlung mit Pinsel und Tinte fest. Osiris, der dem Gericht vorsteht, thront unter dem Baldachin. Etwa in der Mitte des Bildes, direkt unter der Waage, lauert das Wesen, das den Sünder verschlingt. Da du nicht aufgepasst hast, um was es sich dabei handelt, kannst du es jetzt selbst herausfinden."

„Aber", protestierte Hapu leise, „der Papyrus ist ja ganz zerrissen. Ich kann da gar nichts erkennen, vor allem nicht, was unter der Waage lauert!"

„Genau", meinte der Lehrer erbarmungslos. „Du musst die Stücke erst richtig zusammensetzen. Hier ist Leim." Er reichte ihm ein kleines Gefäß und einen Pinsel. „Wenn ich gleich wiederkomme, dann möchte ich, dass dieser Papyrus einwandfrei repariert ist. Verstanden?"

„Ja, Herr Lehrer." Niedergeschlagen betrachtete Hapu die Einzelteile. Wie sollte er das schaffen? Ohne große Begeisterung machte er sich an die Arbeit.

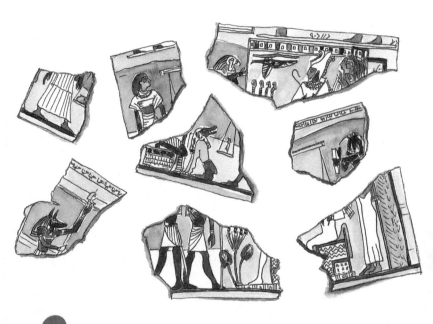

? *Was lauert unter der Waage?*

Die Stadt der Toten

„Kannst du nicht aufpassen?" Ein glatzköpfiger Mann, dem die Nasenspitze fehlte, schnauzte Hapu an.

„Verzeihung", entschuldigte sich der Junge, der gedankenverloren aus dem Tempeltor hinaus auf die Straße getreten und dabei mit dem Mann zusammengestoßen war. Er bückte sich, um ihm zu helfen, die Gegenstände, die dabei aus seinem Sack gepurzelt waren, aufzuheben.

„Verschwinde", fauchte der Mann ihn unfreundlich an, während er hastig eine goldene, mit Türkisen besetzte Figur in den Sack stopfte. Er schulterte sein Bündel und eilte in Richtung Nekropole davon.

„Irgendetwas ist hier faul", murmelte Hapu. Es war höchst verdächtig, dass der nasenlose Mann mit einem Sack voller Wertgegenstände durch die Straßen schlich, und Hapu spürte, dass da noch etwas nicht stimmte. In diesem Augenblick kam Hor, der täglich vor der Schule auf seinen Herrn wartete, schwanzwedelnd auf ihn zugesprungen. Freudig leckte er ihm das Gesicht ab.

„Genau!", rief Hapu aus. „Die Nase, das ist es. Thuja hat mir erzählt, dass dem Mann, der ihren Vater des Grabraubs beschuldigt hat, die Nasenspitze fehlte. Schnell, Hor! Wir dürfen keine Zeit verlieren. Wir müssen hinterher."

In sicherem Abstand folgten die beiden dem Mann. Der Nasenlose stapfte eilig die Straße entlang, vorbei an den Totentempeln, bis zu den Lehmhäusern neben dem Sethos-Tempel. Hier lag das Zentrum der Totenstadt mit den Werkstätten der Sargmacher und den Läden, die Grabbeigaben jeder Art anboten. Vor dem Laden eines Amulett-Herstellers hielt Nasenlos an und blickte sich vorsichtig um. Hapu duckte sich blitzschnell hinter einen Sarg, der frisch bemalt zum

Trocknen an eine Hauswand gelehnt stand. In diesem Moment bog eine Gruppe Trauergäste in die Gasse ein. Die Männer hatten sich zum Zeichen der Trauer Bärte stehen lassen, und die Frauen bewarfen sich laut klagend mit Staub.

„So ein Mist!", schimpfte Hapu. „Ich kann den Mann nirgends mehr sehen."

Hor hatte die Ohren aufgestellt und schnüffelte. Der Hund hatte die Spur nicht verloren und nahm, die Nase dicht am Boden, die Verfolgung auf. Er führte Hapu einen steinigen Weg entlang, und kurz darauf konnten sie den Mann ein kleines Stück vor ihnen wieder sehen. Nasenlos strebte auf die Hütten und Zelte am Ende der Straße zu, wo es auf einmal unerträglich zu stinken begann.

„Die Siedlung der Leichenwäscher und Balsamierer", murmelte Hapu. „Was will er dort?" Er konnte gerade noch sehen, wie Nasenlos auf ein schäbiges Zelt zueilte und unter der Plane, die den Eingang verdeckte, verschwand.

Der Junge schlich vorsichtig um das Zelt herum und untersuchte die Wände. Vielleicht gab es ja irgendwo eine Lücke, durch die er sehen konnte, was im Zelt vor sich ging. Vor lauter Eifer bemerkte er die Wanne nicht, die hinter dem Zelt abgestellt war.

„Autsch!", entfuhr es ihm, als er dagegen stieß. Ein Schwarm dicker, fetter Fliegen schwirrte auf. Das Becken, randvoll mit scharf riechenden Salzkristallen, schwankte gefährlich. Mit aller Kraft versuchte Hapu, es wieder ins Gleichgewicht zu bringen.

„Oh nein!", stieß er atemlos hervor und hielt sich die Hand vor den Mund. Er musste sich fast übergeben. Zwei leere Augenhöhlen starrten ihn an: Im Natronsalz der Wanne lag eine Leiche, von der nur die Zehenspitzen und das Gesicht zu sehen waren.

Nun beruhige dich, redete er sich gut zu. Das ist nur ein Toter, den die Balsamierer zur Konservierung in Salz eingelegt haben. Er hielt sich an einem Pfosten fest und atmete tief durch. Genau in diesem Augenblick bemerkte er einen schmalen Spalt in der Zeltwand. Neugierig spähte er hindurch.

Es dauerte nicht lange, bis sich seine Augen an das Dämmerlicht gewöhnt hatten. Auf einem niedrigen Tischchen sah er ein glänzendes Messer und verschiedene Haken, die Werkzeuge der Balsamierer, liegen. Davor stand eine Reihe von Kanopen.

Das Gruseligste war eine aufgebahrte Leiche, um die unzählige Fliegen kreisten. Von dem Mann mit dem Sack keine Spur.

Da hörte Hapu plötzlich Geflüster.

"Absolut einmalige Arbeit", raunte eine unbekannte Stimme direkt unterhalb des Loches. "Wenn du noch mehr Grabbeigaben auftreiben kannst, werde ich sie dir jederzeit abnehmen. Vor allem noch mehr Figuren wie dieses kleine Prachtstück mit den eingelegten Türkisen. Aber auch Amulette, Ankh-Kreuze, Skarabäen, Djed-Pfeiler ..."

"Da wirst du nicht lange warten müssen", flüsterte sein Gegenüber geheimnisvoll.

Hapu hielt den Atem an. Es war Nasenlos. "Wir sind auf eine einmalige Quelle gestoßen", prahlte Nasenlos weiter. "Wenn alles gut geht ..." Er wurde abrupt unterbrochen.

"Pssst", flüsterte der andere Mann. "Meine Kollegen kommen von der Pause zurück."

Zwei Arbeiter und ein Lehrjunge betraten das Zelt. Sie grüßten kurz und nahmen gleich ihre Arbeit auf.

„Du musst das Gehirn mit dem Haken erst zerquirlen, dann kannst du es besser durch die Nase rausziehen", erklärte ein älterer Mann und machte sich am Schädel der Leiche zu schaffen.

„Wäre es nicht einfacher, ein Loch in den Schädel zu bohren, statt das Gehirn mühselig aus der Nase zu pulen?", fragte der Junge.

„Ja, manche Balsamierer machen das auch. Doch ich persönlich ziehe die Hakenmethode vor. Danach", fuhr er fort, „gießt man erhitztes Harz in den Schädel."

Der andere Arbeiter wusch den Leichnam sorgfältig ab, während der Junge sich auf den Boden hockte. Er wickelte schmale Stoffbänder in ordentliche Knäuel. Dabei fuhr er fort, den älteren Mann mit Fragen zu durchlöchern.

Hor, der geduldig neben Hapu gewartet hatte, zupfte plötzlich aufgeregt an dessen Lendenschurz.

„Sitz, Hor", wies ihn der Junge leise zurecht. Doch Hor gab nicht auf. Er knurrte, sträubte sein Fell und zog seinen Schwanz ein. In diesem Augenblick spürte Hapu einen festen Griff auf seiner Schulter. Er drehte sich um. Vor ihm stand ein furchterregendes Wesen, mit dem Körper eines Menschen und dem Kopf eines Hundes. Der Gott Anubis hatte die Welt der Lebenden aufgesucht.

„Was machst du hier?", fragte Anubis mit strenger Stimme.

„Ich ..." Hapu stockte der Atem.

„Ja?", sprach der Gott, während er an seinem Kopf zog und zerrte.

Hapu sah schreckensstarr zu, wie Anubis seinen Kopf abhob und unter den Arm klemmte. Es war nur eine Maske, unter der ein ganz normaler Mensch zum Vorschein kam.

Hapu atmete erleichtert auf. Natürlich! Wie konnte er nur vergessen, dass er hier bei den Balsamierern war! Der Mann war kein Gott, sondern ein Sterblicher, ein Priester, der bei den Riten der Einbalsamierung eine Anubis-Maske trug.

„Meine Katze ist gestorben", erklärte Hapu gefasst. „Ich suche einen guten Balsamierer für sie."

Der Priester musterte den Jungen interessiert. „Tut mir leid", erklärte er. „Wir befassen uns nur mit menschlichen Leichen. Paneb, drei Zelte weiter, hat sich auf Haustiere spezialisiert."

Hapu bedankte sich und eilte, so schnell er konnte, um das Zelt herum zur Straße. Um Haaresbreite wäre er wieder mit dem nasenlosen Mann zusammengestoßen, der mit seinem Komplizen aus dem Zelt getreten war. Im letzten Augenblick hielt er ungesehen an. Mit klopfendem Herzen drückte der Junge sich an die Plane.

„Also, was sind die guten Nachrichten?"

„Ich glaube, es ist doch etwas zu riskant, hier über eine derart heikle Angelegenheit zu sprechen." Nasenlos blickte hektisch um sich.

„Nicht, wenn wir uns in der Sprache des Sonnengottes unterhalten."

„Nun gut", gab Nasenlos schließlich nach und senkte seine Stimme.

„Wirer sirend auref dares Grareb deres Zaureberererers gerestoreßeren", murmelte er. „Eres wirerd nirecht merehr larengere daureerern, bires wirer aurech dares Zaurebererburech gerefurenderen hareberen."

Sosehr sich Hapu auch anstrengte, er konnte kein Wort verstehen. Irritiert wiederholte er in Gedanken die Worte, die der Mann gesprochen hatte. Die Sprache des Sonnengottes? Hatte Re denn eine eigene Sprache? Re, Re ... Plötzlich wusste er, was Nasenlos dem anderen mitgeteilt hatte. Er musste so schnell wie möglich zurück ins Dorf, um Thuja davon zu berichten.

 Was hat Nasenlos seinem Komplizen mitgeteilt?

Der Märchenerzähler

„Du kannst sicher auch den Armreif eintauschen", seufzte die Mutter, während sie einen schmalen, goldenen Reifen vom Handgelenk strich. „Sieh zu, dass du einen guten Preis einhandelst. Ein kleiner Sack Getreide und möglicherweise etwas Fisch, ein paar Zwiebeln und vielleicht etwas Gemüse. Und, Thuja", fuhr sie fort, „tu mir einen Gefallen. Nimm Kheria mit zum Markt."

„Aber ...", wandte Thuja ein, die von der Aussicht, ihre kleine Schwester zu den ungeliebten Tauschgeschäften mitzunehmen, alles andere als begeistert war.

„Kein Aber", erwiderte die Mutter. „Du weißt genau, dass wir ohne Vater und Seti keine Essensrationen bekommen. Gehst du nicht zum Markt, gibt es auch nichts zum Essen."

Thuja blieb nichts anderes übrig, als Kheria in ein Tragetuch auf den Rücken zu packen und mit einem Bündel voller Tauschwaren die Dammstraße entlang zum Flussufer zu ziehen. Gleich neben der Anlegestelle der Fähre lag der Marktplatz der Nekropole.

Händler hatten hier Verkaufsstände errichtet, die sie durch Dächer aus Palmwedeln oder Stoffbahnen vor der Sonne schützten. Es herrschte reges Treiben, und die Stimmen der Kaufleute und ihrer Kunden übertönten sich beim Handeln um die Preise.

Thuja steuerte auf einen Fischhändler zu. Er war gerade dabei, einen riesigen Wels auszunehmen. In einem Binsenkorb vor ihm lag eine Reihe anderer Nilfische zur Auswahl. Thuja zog einen kleinen Skarabäus aus ihrem Bündel.

„Ein Skarabäus für den Fisch hier." Sie deutete auf den Wels, während sie mit der anderen Hand dem Mann das Amulett reichte.

Der Händler lachte. „Ein winziger Skarabäus für dieses Prachtexemplar? Da musst du schon mehr rausrücken."

Nach längerem Hin und Her einigten sie sich schließlich auf einen kleineren Fisch aus dem Korb. Zufrieden mit ihrem Kauf spazierte Thuja weiter zu einer alten Bauersfrau, die auf einer Matte kniete und Zwiebeln in ordentlichen Häufchen vor sich aufgeschichtet hatte. Sie wollte gerade anfangen, mit der Frau um die Zwiebeln zu handeln, als plötzlich Chaos ausbrach.

„Haltet den Dieb!", rief ein dicker Händler aufgebracht.

Thuja sah, wie ein junger Mann um die Verkaufsstände herumrannte und dabei über Körbe und Waren sprang. Früchte kullerten über den Weg, mehrere Tongefäße fielen um und zerbrachen. Der Fischhändler stellte sich dem Flüchtling in den Weg. Ohne Erfolg! Ein Junge stellte ihm ein Bein. Der Dieb stolperte, doch er rappelte sich schnell wieder auf und stürmte weiter.

„Da, da!", rief Kheria aufgeregt und zog Thuja an ihrem Zopf. Sie deutete mit ihren kleinen Fingern auf einen riesigen Pavian, der schrill kreischend die Verfolgung aufgenommen hatte. Und bevor sichs der

fliehende Dieb versah, hatte das Tier seine scharfen Zähne in dessen Wade gegraben. Verzweifelt versuchte er es abzuschütteln, doch es ließ ihn nicht los. Der Marktaufseher, der dem Pavian gefolgt war, packte den Mann und führte ihn nach einem kurzen Wortgefecht in Richtung Tempel ab.

„Den Pavianen entgeht nichts", erklärte Thuja ihrer Schwester, als wieder Ruhe eingekehrt war. „Deswegen werden sie auf Märkten als Wachposten eingestellt."

Doch Kheria hörte sie schon nicht mehr. Trotz aller Aufregung war sie auf dem Rücken ihrer großen Schwester eingeschlafen. Thuja wandte sich der Zwiebelfrau zu, um ihren Einkauf fortzusetzen, als ein fremder Junge sie am Arm zupfte.

„Bist du die Tochter von Ramose?" Thuja nickte. „Geh zum Märchenerzähler", befahl er. „Er wird dir weitere Anweisungen geben." Dann drückte er ihr eine Scherbe in die Hand und verschwand in der Menschenmenge.

Thuja untersuchte die Scherbe. Es war ein gewöhnliches Ostrakon, das viele Schreiber statt des teuren Papyrus benutzten. Eine Seite war unbeschrieben, auf der anderen konnte man Striche und Linien erkennen.

„Was soll das denn bedeuten?", wunderte sie sich und sah sich nach dem Märchenerzähler um. Schnell hatte sie die Gruppe von Zuhörern, die sich um den alten Mann versammelt hatte, entdeckt.

„Nur nicht drängeln", rügte eine Frau sie, als sie sich mit ihren Ellbogen nach vorn zwängte.

Der Märchenerzähler hockte auf dem sandigen Boden. Er blickte kurz auf, betrachtete Thuja eingehend und fuhr fort, mit wilden Bewegungen zu erzählen. Es dauerte nicht lange, bis das Mädchen sich in der Geschichte zurechtfand, denn es handelte sich um ein beliebtes Märchen, das sie schon oft gehört hatte. Doch plötzlich nahm die Handlung eine unerwartete Wendung. Voller Interesse lauschte Thuja: Der Held, den ein böser Zauberer in einen Vogel verwandelt hatte, war auf der Suche nach einem Zauberbuch. Nur mithilfe des Buches konnte er wieder menschliche Gestalt annehmen.

„… und so geschah es, dass sich der verzauberte Prinz Pekhari auf die Suche nach dem Zauberbuch machte", erzählte der Mann. Für den Bruchteil einer Sekunde blickte er Thuja intensiv in die Augen und danach auf das Ostrakon, bevor er mit seiner Erzählung fortfuhr. „In der Gestalt eines Falken flog er übers schwarze Land vom ersten Katarakt im Süden bis hoch zum Delta im fernen Norden, bis er schließlich in einer Stadt mit unzähligen Tempeln landete. Hoch auf den Tempelmauern sah er das Land aus der Vogelperspektive, und er erinnerte sich mit einem Mal, was der alte, weise Mann gesprochen hatte. ‚Vom großen Tempel des Amun folge dem Sonnengott geradlinig auf seinem Weg über den Horizont, über den Fluss hinweg gen Westen, wo der Sonnengott abends in die Unterwelt zurückkehrt. Unterhalb der Berge befindet sich eine Reihe von Tempeln. Überquere die Kreuzung beim größten Tempel in Richtung Berge. Folge diesem Weg eine kurze Strecke bis zur nächsten Weggabelung. Wähle den rechten Pfad, der dich an einem Dorf vorbeiführt. Wenn du hier entlanggehst, wirst du bald wieder auf eine Straße mit Tempeln stoßen. Biege nach links in die Straße ein und bei der nächsten Weggabelung nach rechts. Gehe so lange weiter, bis du eine Querstraße erreichst, die in der einen Richtung zum Fluss, in der anderen zu den Bergen führt. Biege nach links ab. Wenn sich die Straße das nächste Mal teilt, gehe nach rechts. Dort wirst du ein Grab finden, auf dessen Siegel eine geflügelte Kobra abgebildet ist.' Der Prinz befolgte die Anweisungen des weisen Mannes und gelangte in ein verborgenes Tal, in dem sich unzählige Gräber befanden. Es war nicht schwierig, das beschriebene Grab zu finden, und siehe da, er fand auch das Zauberbuch mit der Formel, die ihn zurück in einen Prinzen verwandelte. Um alles Böse zu vernichten, zerstörte er das Buch und lebte glücklich bis an sein Lebensende."

„Das ist ein Plan von Theben", erkannte Hapu gleich, als ihm Thuja am folgenden Abend die Scherbe zeigte. „Hier ist der Amun-Tempel, da der Nil und hier die Berge des Westens mit der Nekropole."

„Jetzt wird mir alles klar!", flüsterte das Mädchen. „Es ist eine Botschaft von Vater. Er hat den Märchenerzähler beauftragt, mir verschlüsselte Anweisungen zu geben, wo wir das Zauberbuch finden können."

„Unsinn", lachte der Junge. „Dein Vater ist im Gefängnis. Woher sollte er denn wissen, dass du ausge-

rechnet heute auf den Markt gehst?" Hapu schaute sie zweifelnd an.

„Das weiß ich auch nicht. Jedenfalls folgte der Prinz in der Geschichte den Anweisungen ..."

„Moment mal!", unterbrach Hapu. „Deine Theorie ist aber gar nicht so übel. Die Grabräuber sind nämlich auch auf einer heißen Spur."

„Welche Grabräuber?"

Endlich kam der Junge dazu, seiner Freundin zu berichten, was er am Nachmittag über Nasenlos und das Zauberbuch herausgefunden hatte.

Thuja starrte ihn an. „Wieso hast du mir das nicht gleich erzählt?"

„Du hast mich nicht zu Wort kommen lassen", grinste Hapu. „Aber jetzt sag schon, welche Anweisungen hat dir der Märchenerzähler gegeben?"

„Vom größten Tempel auf der Westseite des Flusses, damit meint er wohl das Ramesseum, führt ein Weg nach rechts zu den Bergen ..." Sie folgte mit ihrem Finger den Linien auf dem Ostrakon.

„Hier!" Sie deutete triumphierend auf die Scherbe. „Diese Stelle markiert das Grab des Zauberers."

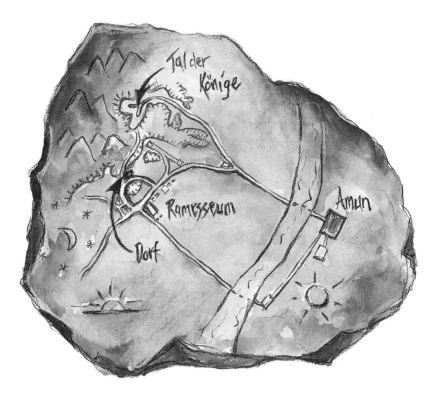

? *Wo liegt das Grab des Zauberers?*

Inspektorenbesuch

„Da können wir unmöglich hin." Hapu starrte Thuja an. „Das Tal der Könige wird Tag und Nacht bewacht."

„Na und?" Thuja war fest entschlossen. „Was die Grabräuber können, schaffen wir auch. Wir warten einfach, bis es dunkel ist, schleichen ins Tal und gehen zum Grab des Zauberers. Mit dem Plan hier", sie deutete auf das Ostrakon, „ist das kinderleicht."

Hapu musterte Thuja zweifelnd.

„Sobald wir das Zauberbuch gefunden haben", fuhr sie fort, „vernichten wir es. Wenn der Wesir dann erfährt, dass wir den Pharao und das Reich vor dem Untergang bewahrt haben, wird er Vater und Seti sofort freilassen."

„Und wenn wir erwischt werden?" Hapu war sich der Sache ganz und gar nicht sicher.

„Feigling!", spottete Thuja. „Du hast ja nur Angst."

„Habe ich nicht", widersprach der Junge heftig. „Aber hast du je bedacht, dass es sich um eine Falle handeln könnte?"

„Eine Falle?"

„Ja. Was, wenn der Märchenerzähler mit Nasenlos unter einer Decke steckt? Möglicherweise wollen uns die Räuber nur ins Grab locken, um uns aus dem Weg zu schaffen."

Thuja blickte den Freund mit großen Augen an. „Und was schlägst du vor?"

„Ich möchte meinen Vater einweihen. Der kann den Gouverneur und die Polizei benachrichtigen."

Thuja schüttelte den Kopf. „Nein, hast du vergessen, dass wir niemandem trauen sollen? Nichts gegen deinen Vater, aber die Polizei, der Gouverneur ... Auf keinen Fall." Plötzlich hellte sich ihr Blick auf. „Eigentlich ist das doch keine so schlechte Idee. Wir müssen das Zauberbuch überhaupt nicht erwähnen. Wir sagen nur, dass wir den Verdacht haben, dass Gräber ausgeraubt werden. Da wird der Gouverneur eine Untersuchung einleiten und ..."

„Genau! Die Inspektoren werden auf das beschädigte Siegel stoßen, und die Grabräuber bekommen es mit der Angst zu tun."

„Gute Idee! Lass uns zu deinem Vater gehen."

„Bin schon auf dem Weg." Hapu nahm Anlauf und sprang mit einem Riesensatz über die Straße aufs Nachbardach. Hor folgte.

„Bis gleich!", rief Thuja. Sie zog die Treppen vor.

Verdacht auf Grabraub war eine ernste Angelegenheit, und der Gouverneur und seine Inspektoren trafen bereits am folgenden Nachmittag im Arbeiterdorf ein. Es war unangenehm heiß, als sie den steinigen Pfad hinter dem Dorf hochzogen. Hapus Vater, der Dorfschreiber, führte die kleine Gruppe an. Der Gouverneur, der auf einer von zwei Eseln getragenen Sänfte thronte, folgte ihm. Seine Diener fächelten ihm mit Straußenfedern Luft zu. Danach kamen Psaro, der Polizeichef West-Thebens, der Schreiber des Gouverneurs, mehrere königliche Beamte, Hapu, Thuja und schließlich Hor.

„Ich kann immer noch nicht fassen, dass wir mitdürfen", flüsterte Thuja.

„Wieso nicht? Immerhin sind wir wichtige Zeugen", antwortete Hapu grinsend.

Nach einer Weile erreichten sie den Bergsattel. Nach Osten hin bot sich hier ein fantastischer Blick auf das fruchtbare Niltal und Theben. Auf der anderen Seite erstreckten sich die trockenen Wüstentäler mit ihren schroffen Felswänden. Kurz hinter einer kleinen Hüttensiedlung, in der die königlichen Arbeiter während der Woche untergebracht waren, schlängelte sich ein

steiler Pfad hinab ins Tal der Könige. Der Pfad war zu schmal für die Esel mit der Sänfte, und selbst der Gouverneur musste zu Fuß weiter.

„Grabräuber", erklärte ihm Psaro gerade, „haben nicht die geringste Chance, ungesehen ins Tal zu gelangen, geschweige denn ein Grab auszurauben."

„Was lässt Sie da so sicher sein?", fragte ihn der Gouverneur schnaufend.

„Es gibt nichts im ganzen Reich, außer vielleicht dem Pharao, was besser bewacht wird als die Gräber. Zurzeit arbeiten mehr als 20 Medjai für mich, die diese Gräber vor Räubern schützen."

„Ich weiß, ich weiß", erwiderte der Gouverneur ungeduldig. „Haben Sie vergessen, dass die Polizei West-Thebens unter meiner Kontrolle steht?"

„Selbstverständlich nicht, verehrter Gouverneur", gab Psaro kleinlaut zu. „Alles, was ich damit sagen will, ist, dass die Gräber absolut sicher sind."

„Und was", hakte der Gouverneur nach, „wenn die Diebe sich in der Nacht an die Gräber heranpirschen, während Ihre Männer tief und fest schlafen?"

„Auf dem Bergkamm ums Tal herum haben wir rund um die Uhr Wachposten aufgestellt. Diesen Männern entgeht nichts. Selbst das leiseste Flüstern wird durch das Echo zu ihnen hochgetragen."

Der Gouverneur ließ sich nicht so leicht beeindrucken. „Können Sie Ihren Männern trauen?", wollte er wissen.

„Selbstverständlich", antwortete der Polizeichef beleidigt.

„Wenn ich etwas bemerken darf, Herr Gouverneur", mischte sich einer der Beamten, ein königlicher Inspektor, ein. „Man darf nicht vergessen, dass die hohen Strafen, die auf Grabraub stehen, Diebe zusätzlich abschrecken."

„Natürlich", stimmte ihm der Gouverneur zu. „Tod durch Aufspießen, Zwangsarbeit, das Abschneiden der Nase und der Ohren ..."

„Meinst du, Nasenlos wurde bereits einmal wegen Grabraubes verurteilt?", fragte Thuja leise.

Hapu pfiff leise durch die Zähne. „Worauf du dich verlassen kannst."

„Sieht so aus, als hätten Sie recht", stellte der Gouverneur später am Nachmittag fest, nachdem er mit seinen Inspektoren einen Grabeingang nach dem anderen sorgfältig untersucht hatte. „Kein einziges Siegel ist verletzt. Gute Arbeit, Psaro!", lobte er den Polizeichef.

„Danke, Herr Gouverneur!" Psaros Brust schwoll vor Stolz an. „Sie können beruhigt nach Hause gehen. Das Tal der Könige ist vor Dieben sicher."

„Ist es nicht", platzte es aus Thuja heraus. Erschrocken hielt sie sich die Hände vor den Mund.

„Wie bitte?" Der Gouverneur blickte sich um, und seine Begleiter starrten das Mädchen entsetzt an.

Verlegen drehte sie das Ende ihres Zopfes zwischen den Fingern. „Ent... Entschuldigung", stotterte sie. „Ich wollte nicht unhöflich sein. Ist mir nur so rausgerutscht."

„Glauben Sie ihr kein Wort", riet Psaro. „Kinder erzählen ständig Lügenmärchen."

Doch der Gouverneur wollte der Sache auf den Grund gehen. „Sprich, mein Kind. Wieso meinst du, dass die Gräber in Gefahr sind?"

„Ich weiß", erklärte das Mädchen zaghaft, „dass die Gräber ausgeraubt werden. Auch wenn die Räuber hier im Tal keine Spuren hinterlassen haben. Mein Freund", sie deutete auf Hapu, „Sohn des Dorfschreibers Horemheb, hat mit eigenen Augen gesehen, wie ein Grabräuber einem der Balsamierer in der Nekropole gestohlene Ware angeboten hat."

„Stimmt das, mein Junge?"

Hapu nickte. „Ja, Herr Gouverneur."

„Der Mann hat keine Nase. Er ist ein Verbrecher", fuhr Thuja fort. „Und um die Polizei irrezuleiten, hat er meinen Vater und meinen Bruder beschuldigt."

„Ich kenne den Mann", mischte sich Hapus Vater ein. „Er ist einer der Arbeiter im Tal der Könige."

„Na, dann werden wir uns den Mann mal vorknöpfen", meinte der Gouverneur und stieg mit schnellen Schritten den Pfad zum Lager der Arbeiter hoch.

Nasenlos, der mit einem Bier in der Hand vor seiner Hütte hockte, stand missmutig auf, als sich die Gruppe näherte. „Kann man nicht mal mehr seinen Feierabend genießen, ohne dabei gestört zu werden?"

Der Gouverneur wollte gerade sein Anliegen erklären, als Nasenlos fortfuhr: „Sie verschwenden Ihre Zeit. Ich habe nichts mit dem Grabraub zu tun."

„Tatsächlich?", antwortete der Gouverneur. „Dieser junge Mann hier ist anderer Meinung. Er behauptet, dass Sie mit geraubten Grabbeigaben handeln."

„Na, das ist ja die Höhe!", fluchte Nasenlos und warf Hapu einen eisigen Blick zu. „Gehen Sie ruhig in die Nekropole. Die Balsamierer dort haben mich bestimmt noch nie gesehen. Außerdem, wer würde denn am helllichten Tage mit einem Sack voller Raubgut durch die Gegend laufen? Das muss ein ganz schön einfältiger Räuber sein."

„Herr Gouverneur", sprach Hapu leise. „Ich weiß, dass der Mann in der Nekropole war. Jetzt habe ich den Beweis."

„Ich auch", lächelte der Gouverneur. Und dann wandte er sich an Psaro. „Führen Sie den Mann ab. Er lügt."

 *Welchen Beweis hat Hapu?*

Die Schlangengrube

„Was machst du denn hier?" Hapu betrachtete Thuja erstaunt, als er am nächsten Tag nach Schulschluss auf die Straße trat. Das Mädchen, mit der schlafenden Schwester auf dem Rücken, wartete dort ungeduldig neben dem treuen Hor.

„Der Nasenlose", berichtete sie atemlos, „wurde wieder freigelassen. Ich habe ihn mit meinen eigenen Augen gesehen. Er lief durchs Dorf, als ob nichts geschehen wäre."

„Unmöglich!" Hapu blickte die Freundin entgeistert an. „Der Polizeichef hat ihn doch gestern Abend abgeführt."

Thuja nickte zustimmend. „Richtig, und heute ist er wieder auf freiem Fuß. Vermutlich hat er Psaro einen Anteil an der Beute versprochen!"

„Das kann doch nicht wahr sein!" Der Junge wollte es einfach nicht glauben. „Was machen wir denn jetzt?"

„Wenn wir Ägypten und den Pharao vor dem Untergang bewahren wollen", meinte Thuja, „bleibt uns nur eine Möglichkeit."

„Stimmt", pflichtete ihr Hapu bei. „Wir müssen uns doch allein ins Tal der Könige wagen und versuchen, in das Grab des Zauberers zu gelangen."

Thuja nickte. „Genau. Allerdings gibt es da ein großes Problem. Der Eingang ist mit Sicherheit versiegelt und mit einer riesigen Felsplatte versperrt. Da kommen wir ohne Hilfe nie rein."

„Außer", erwiderte Hapu nachdenklich, „es gibt irgendwo noch einen zweiten Eingang. Das ist unsere einzige Hoffnung."

„Wie wäre es, wenn wir heute Nacht danach suchen?" Thuja war gleich bei der Sache.

„Einverstanden."

Ein Schakal heulte in der Ferne, als die beiden Freunde und der Hund kurz vor Mitternacht den ausgetretenen Pfad hinter dem Dorf hochstiegen. Ganz in der Nähe ertönte ein leises Pfeifen.

Hapu hielt inne. „Hast du das auch gehört?"

Thuja nickte stumm. Etwas Schwarzes schoss über ihren Köpfen auf die Felswand zu. Hor begann, leise zu knurren.

„Ob das wohl ein Ba ist?" Hapu schauderte. „Ein Totengeist?"

„Nicht um diese Zeit", beruhigte ihn Thuja. „Dafür

ist es viel zu spät. Bas kehren bei Sonnenuntergang in die Unterwelt zurück."

„Vielleicht hat er die Fähre versäumt", schlug der Junge vor.

Wieder schoss ein schwarzes Wesen schrill pfeifend über sie hinweg. Plötzlich lachte Thuja laut auf.

„Dein Totengeist", kicherte sie, „ist eine Fledermaus. Die wohnen in den Felsspalten."

Die Kinder zogen stetig weiter, als Thuja auf einmal an ihrem Plan zu zweifeln begann. „Was, wenn uns die Wachposten hören?", fragte sie. „Kannst du dich noch erinnern, was der Polizeichef erklärt hat?"

„Natürlich!" Hapu nickte. „Die Medjai können jeden Laut hören, da das Echo den Klang trägt. Ich weiß." Er hielt einen Augenblick inne. „Aber wir haben einen Vorteil auf unserer Seite."

Der Junge deutete auf die dunklen Sturmwolken, die sich über den Hügeln im Westen zusammengebraut hatten. „Bald wird der Wind so laut pfeifen, dass selbst die lautesten Geräusche davon überdeckt werden."

Und tatsächlich, wie auf ein Zauberwort begann eine Windböe den Staub aufzuwirbeln. Wolkenfetzen zogen eilig über den Mond hinweg. Einen Augenblick lang war es hell, und man sah die Sterne, den nächsten war es stockdunkel.

„Komm, wir beeilen uns besser, bevor es richtig losgeht." Die Kinder kletterten den Pfad, der ins Tal der Könige führte, hinab.

Der Wind wehte immer heftiger. Als Thuja und Hapu im Tal ankamen, fegte er so sehr, dass sie kaum dagegen ankamen.

„Ich glaube, wir suchen besser unter einem Felsen Zuflucht", keuchte Hapu, während er seine Hände schützend vors Gesicht hielt. „Dieser Sand ist ekelhaft."

„Ja", stöhnte Thuja heiser. „Es ist, als ob man von unzähligen Nadeln gepikst würde." Und dann war Hapu, der eben noch dicht neben ihr gestanden hatte, plötzlich spurlos verschwunden.

„Hapu!", rief sie. „Wo bist du?"

Keine Antwort. „Hapu?"

Einen kurzen Augenblick lang glaubte Thuja im fahlen Mondlicht eine Gestalt zu sehen. Dann hüllte die Finsternis wieder alles ein, und der Sturm heulte auf.

„Hapu, Hor!" In weiter Ferne konnte sie ein Bellen wahrnehmen.

Und plötzlich wusste sie nicht mehr, wie ihr geschah. Sie hatte den Boden unter den Füßen verloren und fiel und fiel. Tiefer und tiefer, bis sie mit einem dumpfen Aufprall hart landete.

„Autsch!", stöhnte sie und rieb sich das Hinterteil.

„Thuja?", hörte sie Hapus Stimme dicht neben sich in der Dunkelheit.

„Hapu! Wo sind wir hier?"

„Sieht so aus, als wären wir durch einen Schacht in ein Grab gefallen."

Thuja lief es eiskalt den Rücken hinab. „Und was machen wir jetzt?"

„Wir suchen nach einem Ausgang." Hapu war zuversichtlich. „Ich halte mich an Hors Schwanz fest, und du hältst meine Hand."

Die beiden tasteten sich vorsichtig hinter Hor durch den dunklen Gang. Plötzlich blieb Hapu stehen. „Täusche ich mich, oder siehst du auch ein Licht?" Tatsächlich, in der Ferne war ein schwacher Schimmer zu erkennen.

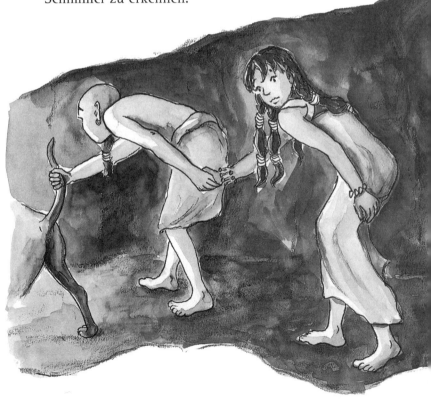

Thuja war entsetzt. Grabräuber! „Dann habe ich mich doch nicht getäuscht."

„Wie meinst du das?"

„Als du plötzlich verschwunden warst, habe ich eine Gestalt gesehen. Erst dachte ich, dass es du wärst. Ich wusste ja nicht, dass du bereits in den Schacht gefallen warst. Jetzt bin ich überzeugt, es war Nasenlos oder einer seiner Komplizen."

„Schreck, lass nach", stöhnte Hapu auf. „Das heißt, wir sind im Grab des Zauberers gelandet! Hoffentlich haben die Räuber das Zauberbuch noch nicht gefunden. Komm, wir dürfen keine Zeit verlieren."

Mutig schlichen sie auf den erhellten Gang zu, wo eine verlassene Öllampe gespenstische Schatten an die Wände warf.

„Niemand zu sehen", flüsterte Thuja.

Hapu griff nach dem Licht. „Jetzt können wir wenigstens sehen, wohin wir gehen." Er hielt die Lampe so, dass man den Gang deutlich erkennen konnte.

„Sieh dir mal diese fantastischen Wandmalereien an!", staunte er wenige Schritte später.

„Pass auf, wo du hintrittst!", warnte Thuja und hielt ihn zurück. Schnell nahm sie Hor auf den Arm. „Hier geht es nicht weiter." Vor ihnen tat sich ein tiefer Abgrund auf. Neugierig beugte sich das Mädchen über den Rand. Wie vom Blitz getroffen fuhr sie zurück. „Da ... da können wir nicht rüber", stotterte sie. „Guck mal, was da drin ist."

Hapu hielt die Lampe über die Öffnung und hätte sie vor Schreck beinahe fallen lassen. Unten in der Tiefe wimmelte es von Schlangen, die sich wild umeinander wanden.

„Das sind Vipern", erklärte er. „Ihr Biss ist tödlich."

„Ich weiß", erwiderte Thuja, die die Entfernung zur anderen Seite abschätzte. „Wir könnten vielleicht doch springen", schlug sie vor.

„Ja, und dabei in den Tod stürzen."

„Moment mal." Thuja hielt inne. „Halt mal die Lampe höher. Sind das nicht Trittsteine?"

Tatsächlich ragten behauene Steinblöcke aus der Schlangengrube. Sie standen so nah nebeneinander, dass man mühelos die Kluft überqueren konnte. Thuja wollte gerade auf den ersten Stein treten, als Hapu sie am Arm packte.

„Halt!", rief er. „Da steckt sicher ein Trick dahinter. Siehst du die Zahlen auf den Steinen?"

Thuja nickte. „Ich kann zwar nicht lesen", erklärte sie, „doch mit Zahlen kenne ich mich aus. Einer werden als Blöcke dargestellt und Zehner als Bogen."

„Richtig. Und ich wette, dass man, wenn man auf den falschen Stein tritt, unten bei den Schlangen landet."

„Und welche Steine sind die richtigen?"

Hapu überlegte. „Irgendwie erinnert mich das Ganze an die Rechenaufgaben, die uns Khun-Anup manchmal stellt ..."

„Und?" Thuja setzte Hor wieder ab, der leise winselnd um Hapus Beine strich. „Was hat das mit der Schlangengrube zu tun?"

„Ich hab's", rief Hapu triumphierend. „Es geht um die richtige Zahlenfolge! Nur die Steine sind sicher, die durch die gleiche Zahl teilbar sind. Sieh dir die erste Reihe an. Da ist eine 5, eine 9 und eine 11. Wenn wir ausrechnen, welche dieser Zahlen sowohl in die zweite als auch in die dritte und vierte Reihe passt, dann wissen wir, auf welche Blöcke wir gefahrlos treten können."

Thuja stöhnte auf. „Geht das nicht einfacher?"

Doch Hapu begann bereits, fieberhaft zu rechnen.

Welche Steine sind sicher?

Im Grabmal des Zauberers

„Geschafft", atmete Hapu erleichtert auf, als Thuja, Hor und er wohlbehalten auf der anderen Seite der Grube angekommen waren.

Die Kinder und der Hund eilten den Gang entlang und erreichten nach wenigen Metern eine kleine Kammer. Von dort ging es weiter durch einen schmalen Korridor, der in eine prächtige Säulenhalle mündete.

„Oh!", bestaunte Thuja das dunkelblaue Deckengewölbe, das über und über mit goldenen Sternen bedeckt war. „Hast du je so etwas Schönes gesehen? Die Sterne funkeln, als wären sie echt."

„Komm, weiter", drängte Hapu. „Geradeaus oder nach rechts?"

„Geradeaus", schlug das Mädchen vor. Aber der Weg stellte sich als Sackgasse heraus, und sie mussten zurück in die Säulenhalle. Hor blickte mit großen Augen vom einen zum anderen.

„Wenn das so weitergeht", stöhnte Hapu, „werden wir die Grabkammer des Zauberers nie rechtzeitig finden."

„Ach was, so schwierig kann das nun auch wie-

der nicht sein." Thuja war zuversichtlich. "Wir biegen hier links in den Gang ein und folgen ihm so lange, bis wir auf die Kammer stoßen."

"Hast du eine Ahnung!" Der Junge war sich keineswegs so sicher. "Warst du je in einem Grab?"

"Natürlich, in der Gruft meiner Großeltern."

"Ich meine doch in einem Königsgrab. Hast du denn deinen Vater oder deinen Bruder noch nie zur Arbeit begleitet?"

Thuja schüttelte den Kopf. "Meinst du etwa, die lassen ein Mädchen in das Grab von Ramses? Niemals! Ich weiß nur, dass es sehr weitläufig sein soll."

"Eben, weitläufig! Die Gräber hier im Tal werden

absichtlich wie riesige Labyrinthe gebaut, damit man sich hoffnungslos darin verirrt."

Aber Thuja ließ sich nicht so schnell entmutigen. Sie zerrte Hapu in einen Gang, dessen bunt bemalte Wände im Lampenlicht schimmerten. Da gab es Männer, die Felder bestellten, Fischer, die ihren Fang zum Verkauf anboten, feine adelige Damen in ihren Palästen.

Auch die Nischen auf beiden Seiten des Korridors waren mit farbenfrohen Bildern überzogen. Hor lief den beiden aufgeregt voraus.

„Ob das die Grabkammer ist?" Der Junge leuchtete hoffnungsvoll in den nächsten Raum. Doch bis auf vier verzierte Säulen war der Saal leer. Im Vorübergehen begann Hapu, die Wände genauer zu betrachten. Plötzlich blieb er stehen.

„Das ist eine Szene aus dem Totenbuch", rief er begeistert und deutete auf die Figuren. „Hier ist Anubis mit der Waage und da unten das Monster Ammit, das diejenigen verschlingt, die im Leben gesündigt haben."

„Da hat unser nasenloser Freund aber gute Aussichten", lachte Thuja. „An dessen Stelle möchte ich lieber nicht sein."

„Sieh dir diese einmaligen Bilder an!" Hapu

konnte sich von den Wandgemälden gar nicht losreißen. „Die sind so viel besser als die aus dem Totenbuch, die mir mein Lehrer gezeigt hat. Wenn ich doch nur Maler werden könnte!"

„Du kannst dich als Lehrling im Grab von Ramses bewerben", schlug Thuja vor. „Meinen Bruder haben sie auch genommen, und der ist nur ein paar Jahre älter als du."

„Ja, aber deinen Bruder haben sie nur akzeptiert, weil dein Vater Maler ist und dessen Vater auch Maler war. Mein Vater ist Schreiber. Da bleibt mir doch gar keine andere Wahl, als auch Schreiber zu werden."

Thuja zuckte mit den Schultern. „Komm", trieb sie Hapu zur Eile an. „Bilder vom Totengericht kannst du dir ein anderes Mal anschauen, und deine Berufswahl kann auch warten."

Von der kleinen Säulenhalle führte ein Durchbruch in einen weiteren Gang.

„Und jetzt? Rechts oder links?"

„Rechts – nein, versuchen wir es links", schlug Thuja vor und zog selbstsicher los.

„Das gibt es doch nicht!", stöhnte Hapu, als der Weg abermals auf einen Quergang stieß. Erschöpft streichelte er Hor, der sofort mit dem Schwanz wedelte.

Auf der linken Seite führte ein dunkler Gang steil nach oben.

„Ich vermute, diese Stufen kommen vom versiegelten Haupteingang herunter. Biegen wir also besser nach rechts ab."

Sie eilten weiter und durchquerten einen kleinen Raum, von dem ein kurzer Korridor in eine Säulenhalle führte. Hier liefen die drei geradeaus weiter, ließen einen weiteren Gang mit steilen Stufen links liegen und gelangten schließlich in einen rechteckigen Raum.

Als Hapu die Lampe hochhielt, lachte Thuja hell auf.

„Pssst! Sei leise", fuhr der Junge sie an. „Du willst doch nicht, dass uns die Grabräuber hören. Die könnten ganz in der Nähe sein."

Erschrocken presste Thuja sich die Hand vor den Mund und lauschte. Doch es war totenstill.

„Schau dir mal diese Bilder an", kicherte sie leise. „So etwas habe ich in meinem Leben nicht gesehen."

Wie überall im Grab waren die Wände bunt bemalt, doch statt Menschen und Göttern waren in diesem Raum Tiere abgebildet.

„Die Maus dort", flüsterte Thuja und deutete auf ein Bild, „sitzt aufrecht auf einem Hocker und trägt ein Kleid."

„Ja, und diese Katze hier hütet Gänse", prustete Hapu los. „Und der Affe da ist als Priester verkleidet. Das kann doch nicht wahr sein! Dieser Löwe spielt Flöte, und das Krokodil –"

Thuja unterbrach ihn: „Hast du das gehört?"

Im Gang hinter ihnen erklangen Stimmen.

„Die Grabräuber! Schnell, lass uns weitergehen, bevor sie uns einholen."

Hastig verließen sie den Raum und gelangten in einen großen Säulensaal.

„Waren wir hier nicht schon mal?", wunderte sich Thuja und blickte auf das Sternengewölbe, das sich über ihnen erstreckte.

„Nein", flüsterte Hapu. „Dieser Saal ist größer, und es gibt hier auch mehr Säulen."

Gegenüber befanden sich zwei Ausgänge. Hor fällte die Entscheidung, indem er durch den rechten Torbogen stürmte. Von dem anschließenden Seitenraum ging es wieder nach rechts durch zwei Kammern, bis sie schließlich in einem Gang landeten.

„Wenn die Grabräuber das Zauberbuch zuerst finden", keuchte Thuja, „dann sind wir erledigt."

„Weiß ich auch", murmelte Hapu und rannte weiter.

Kurz darauf stießen sie auf eine Weggabelung.

„Rechtsrum", schlug der Junge vor. Er blieb einen Augenblick stehen und lauschte. Außer Hors Hecheln war nichts zu hören. Sie zogen weiter, bis sie links einen Eingang sahen.

„Wenn das nicht die Grabkammer ist ...", stieß Ha-

pu aufgeregt hervor. Er hielt die Lampe hoch. Und beinahe hätte er vor Wut und Enttäuschung laut aufgeschrien. „So ein Mist! Hier waren wir schon mal", seufzte er. „Wir sind im Kreis gelaufen!"

„Vielleicht gibt es ja mehrere Hallen, in denen Totenbuchszenen abgebildet sind", meinte Thuja. Doch auch sie erkannte den Raum.

Sie traten zurück in den Gang und schlichen zur Weggabelung zurück. Plötzlich blieb Hapu stehen. Er hatte eine Idee. Sorgfältig begann er die Wände abzutasten.

„Fehlt dir was?" Thuja musterte ihn besorgt.

Hapu schüttelte den Kopf. „Mein Vater", erklärte er, „hat mir erzählt, dass in den Grüften oft Geheimtüren angebracht werden."

„Und du glaubst ernsthaft ..."

„Moment mal!" Aufgeregt hielt der Junge die Lampe hoch. „Schau dir das an!"

Thuja stellte sich auf ihre Zehenspitzen, um genauer sehen zu können.

„Sieht wie ein Plan aus", stellte sie fest.

„Genau", bestätigte Hapu. „Ein Plan des Grabes! Hier ist die Schlangengrube und hier das Gewölbe mit dem Sternenhimmel."

„Tatsächlich!" Thuja staunte. „Und das hier", sie deutete auf eine winzige Abbildung, „ist der Sarkophag des Zauberers." Sie begann aufgeregt zu zappeln, und auch Hor war ganz unruhig. Er rannte immer im Kreis um die Kinder herum. „Hapu, wenn wir wüssten, wo wir hier sind, wäre es kinderleicht, die Grabkammer zu finden."

Hapu nickte. „Ja, doch wo um alles in der Welt sind wir? Ich habe total den Überblick verloren."

„Das ist nicht schwierig." Thuja überlegte. „Wir wissen, dass wir die Schlangengrube überquert haben. Wenn wir versuchen, uns zu erinnern, welche Wege wir danach eingeschlagen haben, dann können wir mühelos herausfinden, wo wir sind."

„Daran kann ich mich unmöglich erinnern. Es gab so viele verschiedene Abzweigungen!"

„Komm, streng dich an. Von der Schlangengrube ging es geradeaus weiter, bis wir zur Säulenhalle mit den Sternen kamen." Thuja lief den Weg in Gedanken nochmals ab. „Wir sind hier", rief sie triumphierend.

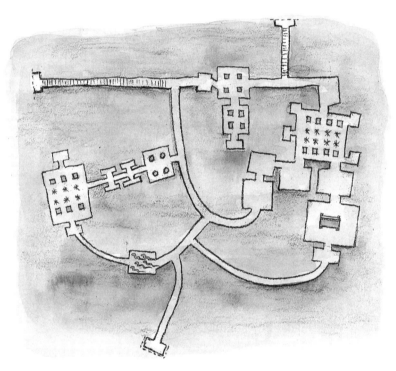

An welcher Stelle befinden sie sich?

Zu spät!

„Beeil dich", trieb Hapu Thuja an, als sie den finsteren Gang entlanghetzten. Den erschöpften Hor hatte er auf den Arm genommen. Das Licht der Lampe flackerte gefährlich.

„Pass auf, dass es nicht ausgeht!", keuchte Thuja. „Sonst schaffen wir es nie."

Flüchtig blickte sie auf ihre gespenstischen Schatten, die ihnen wie Geister längs der Mauer folgten.

„Endlich!" Vorsichtig glitten die drei in den Vorraum. Plötzlich ging es nicht weiter. Die Grabkammer war mit einer schweren Holztür versperrt.

„So ein Mist!" Thuja überlegte. „Ich habe auf dem Plan gesehen, dass es noch einen zweiten Eingang gibt. Wir könnten versuchen, dort reinzukommen", schlug sie vor. „Vielleicht ist der ja nicht versperrt."

„Ja, und dabei laufen wir den Grabräubern in die Arme. Das ist zu riskant."

„Und was schlägst du vor?"

Ohne zu antworten, begann Hapu, die Tür zu untersuchen. Der Holzriegel war versiegelt.

„Hier ist eine geflügelte Kobra eingeprägt", stellte er fest. „Das Siegel des Zauberers."

Oberhalb der Tür war eine Reihe Hieroglyphen eingemeißelt. Hapu setzte Hor ab und hielt die Lampe höher, um die Schrift besser entziffern zu können. „Der Tod soll denjenigen mit seinen Schwingen erschlagen", las er stockend vor, „der es wagt, das Siegel zu brechen und die Ruhe des Zauberers zu stören."

„Na, das sind ja hervorragende Aussichten", warf Thuja ein.

„Ja, aber das ist noch nicht alles", fuhr Hapu fort. „Hier steht, dass die Zähne desjenigen, der die Kammer mit schlechten Absichten betritt, schwarz werden und ausfallen und er ewige Verdammnis erdulden muss."

Sicherheitshalber griff Thuja nach dem kleinen, blauen Skarabäus, den sie stets als Schutzamulett bei sich trug. „Meinst du, dass der Schreiber den Fluch ernst gemeint hat?", flüsterte sie. „Könnte es nicht nur eine Abschreckung für Grabräuber sein?"

Hapu zuckte mit den Schultern. „Keine Ahnung. Doch schließlich haben wir keine *schlechten* Absichten, oder?"

„Richtig!" Thuja nickte entschlossen. „Wir müssen es wagen. Immerhin steht das Schicksal Ägyptens auf dem Spiel." Und sie begann, das Siegel mit ihren Fingernägeln zu bearbeiten. Hor scharrte neben ihr ungeduldig auf dem staubigen Boden. Doch sosehr Thuja auch daran kratzte, das Siegel ließ sich nicht brechen. „Wir brauchen einen scharfen Gegenstand, einen Dolch oder etwas Ähnliches."

Hapu rüttelte ungeduldig am Riegel. Aber auch der rührte sich nicht von der Stelle. „Die kriegen wir nie auf!", seufzte Thuja, während sie gleichzeitig die umliegende Mauer mit den Händen abtastete. Plötzlich hielt sie inne. „Moment mal, hier bewegt sich etwas." Aufgeregt machte sie sich an der Wand neben der Tür zu schaffen. Sie hatte einen lockeren Stein entdeckt. „Komm, hilf mir!"

Mit vereinten Kräften räumten die Kinder die Steine weg. Vor ihnen öffnete sich ein dunkles Loch.

Hapu schob die Lampe durch die Öffnung und spähte neugierig in die Kammer.

„Sieh dir das an!", rief er.

„Was?" Thuja drängte sich neben ihn.

Was zunächst wie eine Rumpelkammer ausgesehen hatte, entpuppte sich als Schatzkammer, in der es vor Gold nur so funkelte. Da standen goldene Statuen, Alabastervasen, Leuchter und Lampen, Kanopen, mit Gold beschlagene Truhen, winzige Uschebti-Figuren, ein Stuhl mit geschnitzten Beinen, eine Kopfstütze aus Elfenbein ... und vor alldem thronte eine steinerne Katze mit goldenen Ohrringen.

Wortlos starrten die Kinder auf die Schätze. Hapu war derjenige, der zuerst die Sprache wiederfand.

„Jetzt oder nie. Wir müssen in die Grabkammer, um das Zauberbuch zu finden."

„Dazu ist es zu spät", zischte Thuja leise. „Hörst du denn nichts?"

Der Junge lauschte. Tatsächlich, vom Eingang auf der gegenüberliegenden Seite hörte man dumpfe Stimmen und lautes Hämmern.

„Die Grabräuber!", stieß er hervor. Sofort begann er, sich durch das Loch in der Mauer zu zwängen.

„Spinnst du?" Thuja wollte den Freund zurückhalten. Hor winselte. „Das ist viel zu gefährlich! Die brechen jeden Moment durch." Doch Hapu war bereits in der Grabkammer, wo er fieberhaft nach dem Zauberbuch suchte.

Das Hämmern an der Tür wurde immer lauter.

„Götter der Unterwelt, steht mir bei", flehte Hapu. Hastig kramte er in einer Truhe, in der außer einem Stapel gefalteter Leintücher nichts zu finden war. Inzwischen begann das Holz der Tür gefährlich zu knarzen, und Splitter flogen wie kleine Geschosse durch die Kammer.

Ob das Buch mit der Mumie im Sarg lag? Hapu stürzte auf den Sarkophag zu, der in der Mitte der

Grabkammer stand. Er war von einer mächtigen Granitplatte abgedeckt. Mit aller Kraft versuchte er, die Platte zu verschieben, doch sie bewegte sich kein Stück.

In diesem Augenblick flog die Tür mit einem lauten Knall auf, und vier Männer stürmten in den Raum, bewaffnet mit Brecheisen und Hämmern. Hapu blieb wie versteinert stehen. Er hatte weder Zeit, die Lampe auszublasen, noch, sich hinter dem Sarkophag zu verstecken. Einen kurzen Augenblick lang starrten die Grabräuber den Jungen und der Junge die Männer verdutzt an. Dann rannte Hapu, so schnell

er konnte, auf das Loch in der Wand zu. Er wollte sich durchzwängen, doch ein fester Griff packte ihn an den Waden und zog ihn zurück in die Kammer. Es war der nasenlose Mann.

„Das ist aber eine Überraschung!", grinste ihn der Grabräuber an. „Beschuldigt andere des Grabraubs und geht selbst auf Schatzsuche." Grob bog er Hapus Arm nach hinten. „Legt ihn in Fesseln!", befahl er seinen Komplizen und begann, das Loch in der Wand zu untersuchen.

„Also, hier bist du reingekommen." Er tastete die Öffnung mit der Hand ab. „Ob es wohl noch mehr von deiner Sorte gibt? Neb, gib mir eine Lampe." Kurz darauf streckte er seinen Arm mit dem flackernden Licht durch das Loch.

Thuja gelang es kaum, Hor zurückzuhalten. Die Nackenhaare des Hundes sträubten sich, und er fletschte die Zähne. Sie drückte sich dicht an die Wand, während sie das Tier fest umschlungen hielt. Die Hand kam näher, und dann sah Thuja einen glatt rasierten Schädel auftauchen. Sie hielt den Atem an. Gleich würde der Mann sie sehen, doch wie durch ein Wunder war der Kopf im nächsten Augenblick wieder verschwunden. Die Öffnung war für einen Erwachsenen zu schmal.

„Niemand zu sehen", knurrte Nasenlos.

„Ich bin allein", stieß Hapu hervor. „Niemand weiß, dass ich hier bin."

„Umso besser", lachte einer der Männer hämisch. „Wenn du allein bist, dann wird niemand je erfahren, was wir mit dir anstellen." Und er zog die Fesseln um Hapus Fuß- und Handgelenke fester.

„Na, dann los! An die Arbeit", feuerte Nasenlos die anderen an. „Wir haben nicht die ganze Nacht über Zeit." Er kippte ein Regal um, auf dem getrocknete Feigen und andere Nahrungsmittel lagen.

Hapu beobachtete ungläubig, wie respektlos der

Verbrecher mit den Grabbeigaben umging. Die Vorräte, die dem Zauberer als Reiseproviant mit ins Grab gegeben worden waren, lagen verstreut auf dem Steinboden.

„Konzentriert euch nur auf Wesentliches", befahl Nasenlos jetzt. „Gold, Edelsteine, Schmuck ..." Er hielt einen Augenblick inne, während er ein kleines Gefäß untersuchte, und verzog das Gesicht. „Ekelhaft! Verderbliche Sachen wie Salben, Öle und Nahrungsmittel packt ihr erst gar nicht ein."

„Und das Zauberbuch?", fragte einer der Männer.

„Natürlich, du Trottel. Das ist ja der Hauptgrund, warum wir hier sind. Die Grabbeigaben sind sozusagen ein zusätzlicher Gewinn." Er leerte eine Schale mit Ketten und Armreifen in seinen Sack.

Hapu, der sich nicht von der Stelle rühren konnte, sah sich um. Sein Blick wanderte über die Grabbeigaben. Er konnte sich genau daran erinnern, was sein Lehrer über das Buch erzählt hatte. Es wurde in einer Schatulle von einer geflügelten Kobra bewacht. An mit Edelsteinen besetzten Kästchen mangelte es hier keineswegs. Wenn er doch nur wüsste, in welchem der Zauberer das Buch versteckt hatte! Und dann sah er es. Wie dumm, dass er gefesselt war!

Wo hat Hapu das Zauberbuch entdeckt?

Der Fluch des Ptahhotep

Thuja hockte noch immer dicht an der Wand, die Arme fest um Hor geschlungen. Der Hund versuchte ständig, sich ihrem Griff zu entwinden. Er wollte unbedingt Hapu verteidigen.

„Sei still", wisperte ihm Thuja ins Ohr. „Ich habe einen Plan, und dazu brauche ich deine Hilfe." Vorsichtig spähte sie durch das Loch. Hapu lag gefesselt neben dem Sarkophag auf dem Boden. Nasenlos versuchte gerade, mit einem Stemmeisen die schwere Granitplatte vom Sarg zu heben.

„Verdammt noch mal", fluchte er, während seine Komplizen keuchend an der Platte zogen und schoben.

„Vielleicht ist das Buch überhaupt nicht im Sarkophag", gab einer der Männer zu bedenken.

„Trotzdem müssen wir an die Mumie ran", beharrte Nasenlos. „Selbst wenn die Texte nicht im Sarg sind, können wir uns die wertvollen Amulette, die mit einer Leiche eingewickelt werden, auf keinen Fall entgehen lassen." Wortlos schufteten die Männer weiter.

„Nun hör mal zu", fuhr Thuja leise fort. Der Hund

stellte aufmerksam die Ohren auf. „Wenn wir Hapu helfen wollen, müssen wir den Weg herausfinden, um die Polizei zu benachrichtigen. Hor, du musst den Eingang, den die Räuber benutzt haben, finden." Thuja kraulte den Hund hinter den Ohren. „Na los, komm schon."

Hor leckte Thujas Hand und lief aufgeregt auf den Ausgang der Vorkammer zu. Er hatte verstanden.

Thuja griff nach seinem Schwanz und folgte ihm in den finsteren Gang. Die Nase am Boden, witterte Hor einen Hauch frischer Nachtluft, die von irgendwoher ins Grab strömte.

Nach einer Weile erreichten die beiden einen von Fackeln erleuchteten Gang.

„Das muss der andere Weg zur Grabkammer sein", flüsterte Thuja. In der Ferne hörte sie leises Stimmengemurmel.

„Hoffentlich sind sie noch eine Weile mit dem Sarkophag beschäftigt."

Links führte ein schmaler Korridor steil nach oben. Die Fackel flackerte im Luftzug, und jetzt konnte auch Thuja die frische, kühle Nachtluft spüren.

Vorsichtig stieg sie hinter Hor die steilen Stufen nach oben, wo man einen Ausschnitt des sternenübersäten Nachthimmels sehen konnte. Der Sandsturm hatte aufgehört, und die Landschaft lag still im Mondlicht. Thuja blickte sich um.

„Hor?", wisperte sie. „Wo sind wir? Das ist nicht das Tal der Könige."

Doch der Hund trabte bereits einen steinigen Pfad entlang. Thuja stolperte hinterher, bis es nicht mehr weiterging. Der Weg war durch Geröll und riesige Felsblöcke versperrt.

„Auch das noch!", stöhnte das Mädchen. Doch Hor war bereits auf den ersten Felsblock gesprungen, wo er schwanzwedelnd wartete. Thuja kletterte ihm schnaufend nach.

„Jetzt verstehe ich", meinte sie, als sie auf der anderen Seite ankamen. Sie blickte auf das Tal der Könige. Die zerklüfteten Umrisse der Berge zeichneten sich schwarz gegen den Nachthimmel ab. „Kein Wunder, dass die Inspektoren nichts gefunden haben. Der Seiteneingang zum Grab des Zauberers liegt in einem verborgenen Tal! Komm, wir dürfen keine Zeit verlieren."

Hastig erklomm sie den Pfad, der sich zu der kleinen Festung hochschlängelte.

„Hilfe!" Thuja schrie aus Leibeskräften. Hor begann zu bellen.

„Was hast du hier zu suchen?" Ein furchterregender, riesiger Mann stand plötzlich vor ihr, einen gespannten Bogen in den Händen, den Pfeil auf sie gerichtet. „Weißt du nicht, dass es verboten ist, das Tal der Könige ohne Genehmigung zu betreten?"

Atemlos berichtete Thuja dem Wachposten von den Grabräubern, dem gefesselten Hapu und dem Geheimeingang im verborgenen Tal. Der Medjai schaute sie und den Hund verblüfft an.

„Wir werden uns später noch ausführlicher darüber unterhalten, was zwei Kinder und ein Hund mitten in der Nacht dort unten zu suchen haben", sagte er. Danach ging alles blitzschnell. Rings ums Tal, wo oben auf dem Bergkamm die Wachposten stationiert waren, flackerten Feuer auf, und nur wenig später stürmte eine bewaffnete Polizeitruppe den Hang hinab. Hor raste in Windeseile voraus, um den Männern den Weg zu zeigen.

Obwohl Thuja völlig erschöpft war, versuchte sie, mit der Truppe Schritt zu halten. Sie wollte sich die Verhaftung von Nasenlos auf keinen Fall entgehen lassen. Und dann war da natürlich noch das Zauberbuch, das sie vorsichtshalber vor dem Medjai nicht erwähnt hatte. Vor lauter Eifer übersah sie den Stein, der vor ihr auf dem Weg lag. Sie strauchelte und fiel der Länge nach auf den Boden. Hastig rappelte sie sich wieder hoch und eilte weiter.

Die Grabräuber hatten ganze Arbeit geleistet. Der Sarkophag war halb offen, die Steinplatte verschoben. Doch jetzt standen drei der Räuber verdattert vor dem Sarg, die prall gefüllten Säcke neben sich. Sie ließen sich widerstandslos festnehmen. Nasenlos jedoch, der hinter dem Sarkophag stand, hielt in einer Hand eine goldene Schatulle, auf der eine geflügelte Kobra abgebildet war, in der anderen einen Dolch.

„Könnte wohl jemand meine Fesseln lösen?", versuchte Hapu die Aufmerksamkeit auf sich zu lenken.

Thuja stürzte auf den Freund zu und begann, die Seile aufzuknoten. „Alles in Ordnung?"

„Ja. Beeil dich!"

„Und das Zauberbuch?" Thuja senkte die Stimme. „Haben sie es gefunden?"

Ohne seinen Blick von Nasenlos abzuwenden, stand der Junge langsam auf und rieb sich die Handgelenke. „Keine Zeit für Erklärungen", murmelte er nur und starrte auf die beiden Polizisten, die versuchten, sich dem Grabräuber zu nähern. Nasenlos, fest entschlossen, das Zauberbuch zu verteidigen, fuhr angriffslustig mit seinem Dolch durch die Luft.

„Wer auch nur einen Schritt näher kommt", drohte er, „muss sich auf etwas gefasst machen."

„Mach du dich lieber auf etwas gefasst", warnte ihn der Medjai, der zuvor Thuja mit Pfeil und Bogen bedroht hatte. Auch er hatte einen Dolch gezogen und ging nun langsam auf den Verbrecher zu. Mit einem gezielten Hieb schlug er Nasenlos den Dolch aus der Hand.

Der taumelte rückwärts auf die Wand zu, während er krampfhaft versuchte, die Schatulle zu öffnen. Der Deckel mit der Schlange sprang schließlich auf, und Nasenlos griff hastig hinein. Für den Bruchteil einer Sekunde konzentrierte er sich nur auf den Inhalt. Das nutzte der Medjai aus. Ein Schwerthieb – und die Kassette fiel auf den Boden, während Nasenlos vor Schmerz laut aufschrie und fassungslos auf seine blutende Hand starrte. Zwei weitere Polizisten stürzten sich auf ihn und fesselten den Mann. Gleichzeitig sprintete Hapu auf die goldene Schatulle zu. Er musste das Zauberbuch so schnell wie möglich vernichten. Doch wo war das Buch? Stutzig betrachtete er den kleinen grauen Haufen vor sich. Das Zauberbuch des Ptahhotep war zu Staub zerfallen.

„Mhm, war das lecker!", stellte Hapu fest und leckte sich die Reste des Feigenkuchens von den Fingern. Seine und Thujas Familie hatten sich auf dem Hausdach versammelt, um die Freilassung Ramoses und Setis zu feiern. Da klopfte es an der Tür.

„Wer kann das denn sein?", wunderte sich Thujas Mutter.

„Polizei", meinte der Vater und zwinkerte mit den Augen.

„Nicht schon wieder!", stöhnte Thuja. „Wir müssen auch mal eine Pause machen."

„Der Pharao und sein Wesir sind aus Abu Simbel zurückgekehrt", erzählte die Mutter, als sie von der Haustür zurückkam. Sie reichte ihrem Mann eine versiegelte Papyrusrolle. „Ein königlicher Bote hat dies abgegeben."

Der Vater brach das Siegel auf. Erstaunt betrachtete er das Schreiben. „Das ist nicht für mich", stellte er fest und lächelte. „Es ist für Hapu und Thuja. Der Pharao bedankt sich persönlich bei euch, dass ihr ihn und das ägyptische Reich vor dem Untergang bewahrt habt."

„Er hat Hor vergessen", grinste Hapu. „Ohne den hätten wir es nie geschafft."

Lösungen

Die Ibisfigur
Der Text lautet: Zauberbuch des Thot in Gefahr. Grabräuber planen Untergang des Pharaos und des Reiches. Verhindern Sie Raub. Ramose.

Die Stadt der hundert Tore
Im Schilf hat sich ein Krokodil versteckt.

Das Zauberbuch des Ptahhotep
Unter der Waage lauert ein Monster, mit dem Körper eines Löwen, dem Kopf eines Krokodils und dem Hinterteil eines Nilpferds.

Die Stadt der Toten
Nach jedem Vokal wurde ein re eingefügt. Der Text lautet: Wir sind auf das Grab des Zauberers gestoßen. Es wird nicht mehr lange dauern, bis wir auch das Zauberbuch gefunden haben.

Der Märchenerzähler

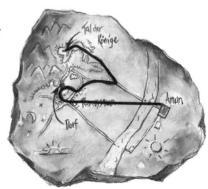

Inspektorenbesuch
Der nasenlose Mann behauptet, nichts mit dem Grabraub zu tun zu haben, dabei wurde er noch gar nicht beschuldigt.

Die Schlangengrube
Die Zahlen müssen durch 5 teilbar sein. Die sicheren Trittsteine sind daher 5, 10, 15 und 20.

Im Grabmal des Zauberers

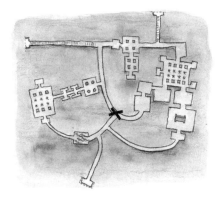

Zu spät
Das Zauberbuch befindet sich in einer Schatulle, auf der eine geflügelte Kobra abgebildet ist.

Glossar

Abu Simbel: Tempelanlage im Süden des Landes, die von Ramses II. errichtet worden war. 1960 von den Wassermassen des Assuan-Staudammes bedroht waren, verlegte man sie Stein für Stein landeinwärts.

Alabaster: weißes oder gelbes, leicht lichtdurchlässiges Material, das für Schalen, Vasen und andere Kunstgegenstände benutzt wurde

Ammit: Wesen der Unterwelt mit dem Kopf eines Krokodils, dem Hinterteil eines Nilpferds und dem Körper eines Löwen

Amulett: meist kleiner Anhänger, der den Träger vor Krankheiten und Gefahren schützen soll. Amulette wurden nicht nur von den Lebenden getragen, sondern auch den Verstorbenen mit ins Grab gelegt.

Amun (auch Ammon): Hauptgottheit der Stadt Theben und Ägyptens

Ankh: Henkelkreuz, das ewiges Leben symbolisierte. Es galt als beliebtes Schutzamulett für Götter und Sterbliche zugleich.

Anubis: ägyptischer Gott, der mit dem Kopf eines Hundes dargestellt wird. Er stand als Herr der Nekropole dem Totenkult vor.

Ba: Seele eines Verstorbenen, die tagsüber die Welt der Lebenden besuchen darf, nachts jedoch stets ins Totenreich zurückkehren muss

Barke: hölzernes Boot, das nicht nur auf dem Nil, sondern auch in der ägyptischen Mythologie eine wichtige Rolle spielte. Der Sonnengott Re durchquerte den Himmel und die Unterwelt in einer heiligen Barke.

Djed-Pfeiler: beliebtes Amulett, das die Form einer Wirbelsäule hat. Es symbolisierte Dauer und Stabilität.

Grabbeigaben: Alltagsgegenstände (Kleidung, Schmuck, Kosmetika, Nahrungsmittel, Geschirr, Möbel, Spiele etc.), die einem Verstorbenen mit ins Grab gelegt wurden

Hieratisch: Schreibschrift, die für geschäftliche Korrespondenz, private Briefe und Verwaltung benutzt wurde

Hieroglyphen: Schriftzeichen, die hauptsächlich für Inschriften auf Denkmälern verwendet wurden. Manche der über 700 verschiedenen Zeichen funktionieren als Bilderschrift, andere symbolisieren Laute.

Ibis: Vogel der Familie der Stelzvögel mit langen Beinen und gebogenem Schnabel. Ibisse galten in Ägypten als heilige Vögel.

Kanopen: Gefäße, in denen die mumifizierten Eingeweide eines Verstorbenen aufbewahrt und beigesetzt wurden. Ihre Deckel hatten die Form von Menschen- oder Tierköpfen.

Karnak: Tempelbezirk Ost-Thebens, in dem sich der Haupttempel des Gottes Amun befand

Katarakt: Stromschnellengebiet im südlichen Teil des Nils, wo es insgesamt sechs solcher Katarakte gab

Kopfstütze: Holzsockel, der statt eines Kopfkissens verwendet wurde

Maat-Tempel: Tempel der Gerechtigkeit in Ost-Theben

Medjai: ägyptische Polizisten, die ursprünglich aus Nubien stammten. Sie patroullierten in den Wüstengebieten und Städten und stellten die Leibwächter des Pharaos. Eine ihrer Hauptaufgaben war, die Königsgräber im Tal der Könige zu bewachen und vor Grabräubern zu schützen.

Mumie: Leiche, die durch Austrocknen oder Einbalsamieren vor der Verwesung geschützt wurde

Nekropole: Gräber- und Tempelgebiet, das außerhalb eines Stadtzentrums für die Toten angelegt wurde. Hier wohnten und arbeiteten die Balsamierer, Sargbauer und Totenpriester.

Osiris: ägyptischer Gott, der als Herrscher der Unterwelt galt. Er stand dem Totengericht vor.

Ostrakon (Plur. Ostraka): Tonscherbe oder Steinsplitter, die als Schreibunterlage benutzt wurde. Ostraka waren die Notiz- und Skizzenbücher der ägyptischen Schreiber.

Papyrus: Schilfpflanze, die zur Herstellung von Seilen, Körben, Matten, Sandalen, vor allem aber dem gleichnamigen Papier verwendet wurde

Pharao: uneingeschränkter Herrscher Ägyptens, der als König das Reich regierte. Er bezeichnete sich selbst auch als Sohn des Sonnengottes.

Pylon (Plur. Pylonen): Eingangstor zu einem Tempelkomplex, das von zwei hohen, festungsartigen Türmen gesäumt wurde

Ramesseum: Totentempel, den sich Ramses II. zu seinen Lebzeiten in der thebanischen Nekropole errrichten ließ. In der Tempelanlage befand sich eine Schreibschule.

Ramses II.: ägyptischer Pharao (1299–1213 v. Chr.), der unzählige Tempel errichten und erweitern ließ. Nach ihm gab es noch neun weitere Pharaonen, die sich ihm zu Ehren Ramses nannten, doch nur er trug den Beinamen „der Große". Seine Regierungszeit galt als die Blütezeit Ägyptens.

Re: Sonnengott, der tagsüber in einer Barke den Himmel überquerte und nachts durch die Unterwelt reiste. Er galt als der Schöpfergott der Ägypter.

Sarkophag: Steinsarg, der als Hülle von Holzsärgen diente. Er sollte den Verstorbenen zusätzlich schützen.

Schreiber: ägyptischer Beamter, der für die Verwaltung zuständig war. Da nur ein kleiner Teil der Bevölkerung schreiben konnte, genoss dieser Beruf großes Ansehen.

Sethos-Tempel: Totentempel des Pharao Sethos I. in der Nekropole Thebens. Er wurde von seinem Sohn Ramses II. vollendet.

Skarabäus: Mistkäfer, der in Ägypten die Sonne und die Auferstehung der Toten verkörperte. Skarabäen waren beliebte Schutzamulette.

Sphinx (Plur. Sphinxen): Löwenfigur mit einem Menschenkopf, die einen Tempel bewachte

Sykomore: hoher Baum (bis zu 16 Meter) mit essbaren Früchten. Sein Holz wurde zum Bau von Särgen verwendet.

Theben: Stadt Oberägyptens, die lange Zeit die Hauptstadt des Reiches war. Noch heute zeugen die Tempelruinen von Karnak und Luxor von ihrem einstigen Glanz.

Thot: Gott der Schreiber und Zauberer, der mit dem Kopf eines Ibis oder als Pavian abgebildet wurde. In der Unterwelt führte er über die Sünden der Verstorbenen Buch.

Totenbücher: magische Texte, die den Verstorbenen mit ins Grab beigegeben wurden. Mehr als 200 Zauberformeln sollten helfen, die Gefahren der Unterwelt heil zu überstehen.

Totentempel: Bauten, die zu Ehren eines Verstorbenen errichtet wurden. Die prächtigen Totentempel der Pharaonen unterschieden sich kaum von Göttertempeln.

Uschebti: winzige Tonfiguren, die den Verstorbenen mit ins Grab gegeben wurden. Mit magischen Formeln konnten sie zum Leben erweckt werden, um als Diener für die Toten zu arbeiten.

Wesir: Stellvertreter des Pharaos, der eine der einflussreichsten Positionen des Landes innehatte. Er stand an der Spitze der Beamten, kontrollierte Verwaltung, Gericht und Armee und verwaltete die Staatskasse.

Zeittafel

um 1550 v. Chr. Beginn des Neuen Reiches
1550–1292 v. Chr. 18. Dynastie
Erste Königsgräber im Tal der Könige
Gründung des Arbeiterdorfes Deir el-Medineh, Bau der Memnonkolosse in Theben am Westufer des Nils, Bau des Totentempels der Königin Hatschepsut, Bau der Tempel von Karnak und Luxor
Eine Reihe von verschiedenen Pharaonen regiert das Land (unter anderen Echnaton und Tutanchamun).
1304 v. Chr. Geburt Ramses II.
1290–1160 v. Chr. 19. Dynastie
Regierungszeit der Pharaonen Ramses I. und Sethos I.
1280 v. Chr. Pharao Ramses II. besteigt den Thron und baut die neue Hauptstadt Piramesse. Erweiterung der Tempel von Karnak und Luxor, Bau des Ramesseums in Theben am Westufer des Nils, Vollendung des Totentempels von Sethos I.
1274 v. Chr. Schlacht von Kadesch. Ramses II. zieht mit seiner Armee gegen das 40 000 Mann starke Heer der Hethiter.
1259 v. Chr. Ramses II. unterzeichnet einen Friedensvertrag mit den Hethitern.
1246 v. Chr. Ramses II. nimmt eine hethitische

	Prinzessin als Nebenfrau, um den Frie denzwischen den bei den Ländern zu besiegeln.
1269–1256 v. Chr.	Bau des Tempels von Abu Simbel
1213 v. Chr.	Ramses II. stirbt im Alter von 91 Jahren.
1213 v. Chr.	Merenptah, 13. Sohn von Ramses II., besteigt den Thron.
1150–1070 v. Chr.	**20. Dynastie** Neun Pharaonen, die sich alle Ramses nennen, folgen. Ägypter siegen gegen die Seevölker. Beginn des Niedergangs des Reiches
um 1070 v. Chr.	Ende des Neuen Reiches

Das Leben im alten Ägypten

Die Erziehung

Wer den Traumberuf eines Schreibers erlernen wollte, musste etwa sieben Jahre lang zur Schule gehen. Doch dieses Privileg war nur den Söhnen der Oberschicht vorbehalten. Die Kinder der Armen hatten dazu keine Zeit. Sie mussten Schafe und Ziegen hüten, Vögel von den Feldern vertreiben und dem Vater bei der Arbeit helfen.

Die Jungen, die zur Schule durften, besuchten für gewöhnlich Schreibschulen, die in den großen Tempelanlagen untergebracht waren. Zur Zeit Ramses II. gab es in Theben zwei solcher Schulen: die Tempelschule im Maat-Tempel in Karnak und die im Ramesseum in der Nekropole am Westufer. Hier wurden die Schüler von Beamten oder Priestern unterrichtet und lernten neben Lesen und Schreiben auch Grundlagen der Astronomie, Mathematik, Astrologie und Geschichte. Als Schreibwerkzeug dienten Binsenpinsel und Tinte, mit denen die Jungen auf Ostraka schrieben. Diese Steinsplitter oder Tonscherben waren billiger als der kostbare Papyrus. Wer den Unterricht schwänzte, wer unaufmerksam oder unartig war, wurde mit Prügel bestraft.

Die Kinder des Arbeiterdorfes nahmen eine Sonderstellung ein. Da man von einem Handwerker, der am Königsgrab arbeitete, erwartete, dass er lesen konnte, wurden dort alle Jungen zur Schule geschickt. Man vermutet, dass sie die nahe gelegene Tempelschule des Ramesseums besuchten.

Mädchen aller Schichten lernten weder Lesen noch Schreiben. Sie mussten schon in frühem Alter der Mutter bei der Hausarbeit helfen, Holz sammeln, kochen und auf die kleinen Geschwister aufpassen.

Die Mumifizierung

Ägypter waren davon überzeugt, dass ein Weiterleben nach dem Tod nur möglich war, wenn sich eine Seele nach der Reise durch die Unterwelt wieder mit ihrem Körper vereinen konnte. Verwesung musste daher unbedingt vermieden werden, und so begann man, Leichen zu konservieren, haltbar zu machen.

In Theben wurde ein Verstorbener dazu über den Nil in die Nekropole gebracht. Neben den Totentempeln standen dort Zelte und Hütten, in denen die Balsamierer ihr Handwerk ausübten.

Sobald eine Leiche kam, machten sich die Männer an die Arbeit. Sie begannen damit, das Gehirn durch die Nase herauszuziehen und den Leerraum mit Harz auszuspülen. Danach entfernten sie alle Innereien bis auf das Herz durch einen kleinen Einschnitt in der Bauchgegend. Der ausgenommene Körper musste nun mit Wacholderbeeröl und Palmwein gereinigt und für mindestens 40 Tage in Natronsalz gelegt werden. Das Salz entzog dem Körper alle Feuchtigkeit, trocknete ihn langsam aus. Nach Ablauf dieser Zeitspanne wurde die Leiche aus dem Salzbad gehoben, eingeölt, die leere Bauchhöhle mit Sägemehl ausgestopft und zugenäht.

Erst jetzt konnten die Balsamierer den Verstorbenen mit Leinenstreifen umwickeln, während sie gleichzeitig Amulette, zum Schutz des Toten, unter die Binden schoben. Zu guter Letzt legten sie die fertige Mumie in einen Holzsarg. Die Angehörigen konnten sie jetzt, zusammen mit den mumifizierten Organen, für die Bestattung abholen.

Das Leben im Arbeiterdorf

Als die Ägypter um 1500 v. Chr. feststellten, dass fast alle Gräber in den Pyramiden geplündert worden waren, suchten sie nach einem sicheren Ort, an dem sie ihre künftigen Pharaonen bestatten konnten. Dabei stießen sie auf die Wüstentäler, die sich jenseits der grünen Felder Thebens am Westufer erstreckten. Statt in prächtigen Bauwerken wurden die Herrscher von nun an in unterirdischen Grabanlagen zur letzten Ruhe gebettet.

Der Bau eines solchen Königsgrabes dauerte Jahre und benötigte unzählige Handwerker. Um diese und ihre Familien unterzubringen, errichtete man in der Nähe der neuen Gräber ein Dorf. Die Bewohner nannten diese Siedlung Pa-demi. Wir kennen sie unter der arabischen Bezeichnung Deir el-Medineh.

Aus Sicherheitsgründen war Deir el-Medineh von einer Mauer umgeben, durch die nur ein einziger Zugang ins Dorf führte. Es gab sogar eine eigene Polizeitruppe, die für die Ordnung im Dorf und die Sicherheit der Königsgräber zuständig war. Die Handwerker mussten einen Treueschwur leisten, denn beim Bau eines Königsgrabes war äußerste Geheimhaltung geboten. Für ihre gewissenhafte Arbeit wurden die Männer vom Pharao jedoch entsprechend entlohnt. Sie bekamen nicht nur kostenlose monatliche Essensrationen, sondern jeder Familie wurde ein Reihenhaus im Dorf zur Verfügung gestellt. Wer sein Gehalt zusätzlich aufbessern wollte, durfte in seiner Freizeit an den Privatgräbern der Nekropole arbeiten. Und Freizeit gab es genug, denn nach acht Arbeitstagen gab es stets zwei freie Tage. Nur während dieser Tage lebten die Arbeiter bei ihren Familien im Dorf, die Arbeitstage verbrachten sie in einer kleinen Hüttensiedlung direkt oberhalb des Tals der Könige.

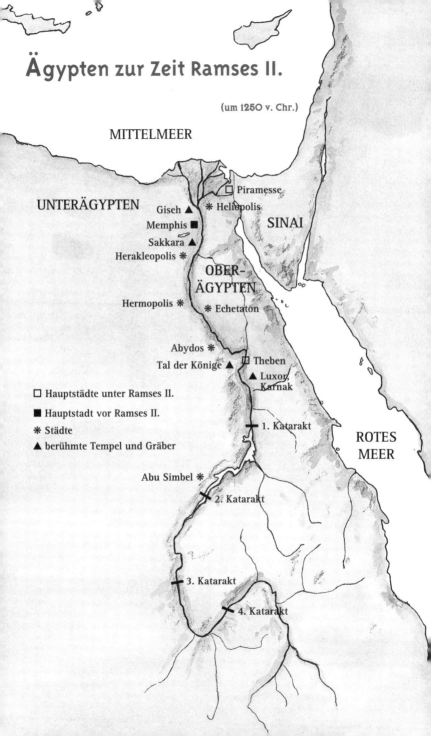

Renée Holler

Im Schatten der Akropolis

Illustrationen von Anne Wöstheinrich

Inhalt

Ein nächtlicher Besuch 125
Spurlos verschwunden.................. 134
Widersprüchliche Aussagen.............. 144
Im Haus der Hexe 154
Bescheidene Einbrecher? 164
Der Bettler am Brunnen................. 174
Die Herberge zum blauen Delfin 184
Piräus bei Nacht 194
Zerberos, der Höllenhund 204
Rettung im letzten Augenblick 213

Lösungen........................ *223*
Glossar......................... *225*
Zeittafel *230*
Der Peloponnesische Krieg............ *234*
Athen zur Zeit des Perikles *119*

Ein nächtlicher Besuch

Kephalos fuhr aus dem Schlaf hoch. Was war das? Griffen die Spartaner das Landgut seines Vaters an? Verwirrt sah er sich um. Wo, bei Zeus, war er? Das war nicht seine Kammer in Acharnä!

Nur langsam fielen ihm die Ereignisse der vergangenen Tage wieder ein. Natürlich! Er war bei Onkel Aristides in Athen. Jetzt konnte er auch die Umrisse seines Vetters Philon erkennen, der im Bett auf der anderen Seite des Raumes schlief. Erst vorgestern war Kephalos zu seinen Verwandten in die Stadt gezogen. Die Spartaner hatten Attika den Krieg erklärt und drohten, die Gegend um Athen anzugreifen. Perikles, der das Amt des Strategen ausübte, hatte daraufhin allen Bürgern befohlen, ihre Landgüter im Stich zu lassen und sich hinter den Mauern der Hauptstadt in Sicherheit zu begeben.

Da war es wieder. Das Geräusch, das Kephalos geweckt hatte. Diesmal hörte er es klar und deutlich: ein energisches Klopfen, das im ganzen Haus widerhallte. Kurz darauf ertönten unten im Hof gedämpfte Stimmen.

Nun war auch Philon wach geworden. „Was ist los?", fragte er schläfrig.

„Keine Ahnung", flüsterte Kephalos zurück. „Jemand hat an die Haustür geklopft. Irgendetwas muss passiert sein. Oder ist es in Athen Sitte, sich mitten in der Nacht zu besuchen?"

Philon war augenblicklich hellwach. „Komm", sagte er. „Von der Galerie aus hat man einen guten Blick in den Hof. Da können wir unbemerkt lauschen." Er schlüpfte aus dem Bett und zog seinen Chiton über. Gleich darauf kauerten die beiden Jungen hinter dem Geländer der Galerie und spähten zwischen den Stäben auf das Geschehen im Hof hinab.

Im flackernden Licht der Fackeln erkannten sie Aristides, der sich, umringt von einigen seiner Sklaven, mit zwei Männern unterhielt. Der ältere der beiden nächtlichen Besucher schien Kephalos' Onkel gerade etwas zu erklären, während der jüngere, ein Sklave, nervös von einem Fuß auf den anderen trat.

„Hast du eine Ahnung, wer die Männer sind?", wollte Kephalos wissen.

„Klar", flüsterte Philon zurück. „Das sind Nikias, Jasons Vater, und Eukles, sein Paidagogos."

„Meinst du deinen Freund Jason, der auch zu Nikomedes in die Schule geht?"

Philon nickte. „Ja. Den Paidagogos hast du doch gestern selbst kennengelernt. Erinnerst du dich nicht mehr?"

„Stimmt, jetzt erkenne ich ihn wieder", murmelte Kephalos. Während seines Aufenthaltes in Athen besuchte er die gleiche Schule wie sein Vetter. „Aber was wollen die beiden um diese Tageszeit von deinem Vater?"

„Psst!" Philon legte seinen Zeigefinger auf die Lippen. „Sei still, dann können wir vielleicht herausfinden, was geschehen ist."

Beide Jungen lauschten angestrengt.

„... auf der Agora?", fragte Aristides gerade.

„Ja", nickte Jasons Vater. „Eukles", wandte er sich an den Paidagogos, „berichte Aristides genau, was vorgefallen ist."

Eukles biss sich auf die Lippen und zupfte verlegen an seinem Ohrläppchen.

„Also", begann er zögernd, „Jason ist nach Schulschluss immer sehr hungrig. Und als uns auf dem Heimweg über die Agora der leckere Duft von gebratenen Würstchen in die Nase stieg, konnten wir einfach nicht widerstehen. Bei dem Mann, der seinen Stand immer neben dem Blumenmädchen aufschlägt, in der Nähe des Geldwechslers, gibt es die besten Würstchen in ganz Athen. Und da der Stand im Schatten einer Platane steht, ist es zudem angenehm kühl."

„Eukles", wies Jasons Vater den Paidagogos ungeduldig zurecht. „Fasse dich kurz. Das ist doch jetzt nicht wichtig."

Der junge Mann blickte blinzelnd auf, nickte dann demütig und setzte seinen Bericht fort. „Nun, ich stellte mich an dem Stand an, um die Würstchen zu besorgen. Als ich mich wieder umdrehte, war Jason spurlos verschwunden, nur …"

„Das ist alles", unterbrach ihn Nikias und wandte sich wieder an Aristides. „Wir haben den Jungen seitdem überall gesucht – aber er ist wie vom Erdboden verschluckt."

Eukles räusperte sich. „Die Tafel, Herr", sagte er leise.

„Ach ja", fügte Nikias hinzu. „Eukles hat Jasons Wachstafel neben dem Würstchenstand gefunden. Ein N war eingeritzt. Aber ich glaube nicht, dass das etwas zu bedeuten hat."

Aristides kratzte sich nachdenklich die Schläfe. „Meinen Sie, man hat den Jungen entführt?"

„Entführt?" Jasons Vater lachte laut auf. „Unsinn! Nein, ich denke eher, dass Jason etwas angestellt

hat und sich aus Angst vor Strafe aus dem Staub gemacht hat. Eins ist sicher, wenn ich den Jungen in die Finger kriege, dann werde ich ihn …"

„Wir könnten einen Suchtrupp zusammenstellen", schlug Aristides vor. „Ich stelle Ihnen meine Sklaven gerne zur Verfügung."

„Danke, das ist nett von Ihnen, doch wir haben schon die ganze Nachbarschaft durchkämmt. Keine Spur von dem Lausejungen." Nikias hielt einen Augenblick inne. „Der Grund für meinen nächtlichen Besuch war eigentlich nicht, Sie mit all dem zu belasten. Ich würde nur gerne kurz Ihren Sohn fragen, ob er vielleicht weiß, wo sich Jason verborgen hält. Die beiden stecken doch ständig zusammen."

„Selbstverständlich, ich lasse Philon sofort wecken." Aristides nickte einem der Sklaven auffordernd zu.

Philon zog Kephalos gerade noch rechtzeitig vom Geländer weg und zurück in die Kammer, wo sich beide schlafend stellten, als der Sklave kam, um sie zu holen. Kurz darauf standen sie unten im Hof, wo Jasons Vater sie mit Fragen löcherte. Doch weder Philon noch Kephalos wussten, was Jason angestellt hatte und wo er sich vor der Strafe seines Vaters verborgen hielt.

„Was Jason wohl ausgefressen hat?", überlegte Kephalos laut, als sie am Nachmittag des folgenden Tages aus der Schule auf die sonnige Straße hinaustraten. „Muss ja ganz schön schlimm sein, wenn er gleich von zu Hause fortläuft."

„Ich bin mir da nicht so sicher", entgegnete Philon nachdenklich. „Ich kenne Jason ziemlich gut. Er würde nicht einfach aus Furcht vor Strafe davonlaufen. Ich habe das dumpfe Gefühl, dass hier etwas nicht mit rechten Dingen vor sich geht."

„Und was, glaubst du, ist passiert? Kinder verschwinden doch nicht einfach spurlos am helllichten Tag."

Philon runzelte die Stirn. „Eben. Und genau deswegen würde ich vorschlagen, dass wir der Sache nachgehen. Irgendjemand muss doch gesehen haben, wohin Jason gelaufen ist. Komm, wir gehen zu dem Wurstverkäufer und fragen ihn, ob ihm gestern etwas aufgefallen ist."

„Hervorragende Idee!" Kephalos war begeistert von dem Vorschlag, selbst Nachforschungen anzustellen. Und statt den Heimweg einzuschlagen, bogen die beiden Freunde zur Agora ab.

Der lang gestreckte Marktplatz der Stadt war von Säulenhallen, Verwaltungsgebäuden und Tempeln gesäumt. Wohin man auch blickte, hatten Kaufleute und Handwerker ihre Stände und Buden aufgestellt. Von Obst, Fisch und Gemüse bis zu feinen Stoffen, Töpferwaren und Schmuck konnte man hier alles erstehen, was das Herz begehrte. Überall herrschte reges Treiben. Sklaven machten letzte Besorgungen fürs Abendessen, Händler priesen lautstark ihre Waren an, Bürger diskutierten wild gestikulierend die politischen Ereignisse der vergangenen Tage, und Kunden beschwerten sich lautstark, dass die Preise durch den Krieg schon wieder angestiegen seien.

„Bei Zeus", staunte Kephalos, „hier ist aber viel los. Eure Agora ist echt riesig im Vergleich zu der in Acharnä." Er ließ seinen Blick über die Marktstände schweifen. „Kannst du den Wurstverkäufer irgendwo sehen?"

„Den Wurstverkäufer?", grinste Philon. „Ich kann nicht nur einen, sondern leider gleich mehrere sehen."

„Oje, du hast recht. Wie sollen wir da bloß den richtigen Stand finden?" Kephalos kratzte sich an der Schläfe. „Moment mal. Eukles hat doch genau beschrieben, welcher Wurstverkäufer es war."

„Schon. Aber kannst du dich noch an die Einzelheiten erinnern?"

„Hmm ...", Kephalos überlegte. „Hat er nicht gesagt, dass – genau, das war es! Komm schon!" Er packte seinen Vetter am Arm und zog ihn zielstrebig durch die Menge.

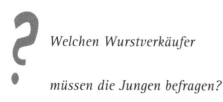

Welchen Wurstverkäufer müssen die Jungen befragen?

Spurlos verschwunden

„Ein Junge mit dunklen Locken?", wiederholte der Wurstverkäufer Philons Frage, während er mit einem Schürhaken in der Holzkohle herumstocherte, die rot aufglühte. „Ja, er kam gestern Nachmittag mit seinem Paidagogos bei mir vorbei." „Haben Sie zufällig gesehen, wohin er anschließend ging?"

Vorsichtig begann der Mann, die Würstchen auf dem Rost der Reihe nach umzudrehen, damit sie rundum gleichmäßig bräunen konnten. „Wahrscheinlich in Simons Laden. Den besuchen die beiden regelmäßig."

„Simons Laden!" Philon bedankte sich hastig und eilte los.

„So warte doch", keuchte Kephalos hinter ihm her. „Wer ist Simon?"

„Simon ist ein Schuster, der seinen Laden hier an der Agora hat."

„Ein Schuster?" Kephalos blickte ihn ungläubig an. „Was will Jason bei einem Schuster? Meinst du, er hat sich neue Sandalen machen lassen?"

Philon blieb stehen und grinste. „Sandalen? Nein.

Simon ist zwar ein Schuster, doch in erster Linie geht man in seinen Laden, um zu diskutieren."

„Diskutieren?" Kephalos verstand überhaupt nichts mehr.

„Hast du schon mal von Sokrates gehört?"

„Der Philosoph? Natürlich. Sogar in Acharnä erzählen die Leute von ihm."

„Simons Laden ist einer von Sokrates' Lieblingsplätzen", erklärte Philon. „Da hält er sich ständig auf."

Die beiden Jungen traten über die Schwelle des Schusterladens. Mehrere Männer hatten sich um einen dicken, bärtigen Mann gruppiert, der auf einem Hocker saß, und diskutierten erregt.

„Siehst du den Dicken?", flüsterte Philon. „Das ist Sokrates."

„Was wünscht ihr?", fragte der Schuster, der an seiner Werkbank saß und gerade ein Stück Leder zuschnitt.

„Kam hier gestern Nachmittag ein Junge mit seinem Paidagogos vorbei?", fragte Philon erwartungsvoll.

„Ihr meint wohl Jason?"

Philon und Kephalos nickten gespannt.

„Da muss ich euch enttäuschen", schüttelte der

Schuster den Kopf. „Jason und sein Paidagogos sind zwar oft hier, doch gestern schaute nur Eukles kurz herein. Er war auf der Suche nach Jason."

„So ein Mist!", entfuhr es Kephalos. „Der Wurst-

verkäufer muss sich geirrt haben. Was machen wir denn jetzt?"

„Versucht ihr, etwas herauszufinden?", mischte sich eine ruhige Stimme ein. Die Jungen drehten sich um. Hinter ihnen stand Sokrates.

„Äh – ja", stotterte Philon.

„Und wie findet man etwas heraus?"

Philon zuckte mit den Achseln. „Indem man Fragen stellt?", schlug er zögernd vor.

„Richtig." Der Philosoph rieb sich zufrieden seinen Bauch. „Und wenn jemand nicht das Wissen besitzt, das man sucht? Was macht man dann?"

„Keine Ahnung", murmelte Philon ratlos.

„Wisst ihr das nicht, obwohl es so einfach ist?" Sokrates' Blick schweifte von Philon zu Kephalos, doch auch der wusste keine Antwort.

„Man sucht weiter, bis man jemanden findet, der die Frage beantworten kann." Sokrates lächelte. „Den gleichen Ratschlag habe ich erst vor wenigen Tagen meinem Freund Perikles gegeben." Er räusperte sich. „Etwas darf man dabei allerdings nie vergessen: Die Erinnerung trügt die Menschen häufig. Nicht jeder behält von einem Ereignis das gleiche Bild im Gedächtnis. Aber solange man nicht aufgibt und immer weiter nach einer Antwort sucht, wird man am Ende sein Ziel erreichen." Damit wandte sich der Philosoph wieder der Diskussionsgruppe zu.

„Man sucht weiter? Das ist der Ratschlag des berühmtesten Philosophen Athens?", spottete Philon, als sie kurz darauf wieder im grellen Sonnenschein auf der Agora standen.

Kephalos hielt sich die Hand schützend über die Augen, während er nachdenklich das geschäftige Treiben vor sich betrachtete. „Aber er hat recht. Ich finde auch, dass wir weiter Leute befragen sollten, bis wir jemanden finden, der weiß, wohin Jason ging."

„Na gut. Wer steht als Nächstes auf unserer Liste?"

„Das Blumenmädchen", schlug Kephalos vor. „Eukles hat doch erzählt, dass sie gewöhnlich neben dem Wurststand steht. Sie hat sicher etwas gesehen."

Die Jungen eilten zurück zu der Platane. Am Stand des Wurstverkäufers hatte sich inzwischen eine lange Schlange gebildet.

Philon sah sehnsüchtig hinüber. „Die Würstchen duften wirklich gut. Hättest du nicht auch Lust ..."

„Auf keinen Fall! Dazu haben wir jetzt keine Zeit." Kephalos zog ihn energisch von dem Stand weg.

Das Blumenmädchen stand nur wenige Schritte entfernt im Schatten des Baumes, bunte Blumengewinde über ihre Arme drapiert.

„Girlanden!", rief sie mit heller Stimme. „Blumengirlanden für die Götter!"

Kephalos unterbrach sie und fragte nach Jason.

„Der Junge mit den grünen Augen?", antwortete sie. „Den sehe ich fast jeden Tag."

„Und gestern?"

„Da habe ich ihn auch gesehen. Das war allerdings seltsam: Er schien es sehr eilig zu haben. Hatte nicht mal Zeit, auf seine Würstchen zu warten."

„Hast du zufällig gesehen, wohin er ging?"

Das Mädchen zuckte mit den Schultern. „Nach da drüben zum Geldwechsler oder vielleicht auch zu Kephisodorus. Da bin ich mir nicht so ganz sicher."

„Zu Kephisodorus, dem Sklavenhändler?" Philon war entsetzt.

Das Mädchen nickte. Dann wandte sie sich ab und begann wieder, ihre Girlanden anzupreisen.

„Heilige Götter des Olymps!", stieß Philon atemlos hervor. „Wenn Jason tatsächlich zu Kephisodorus gegangen und kurz darauf spurlos verschwunden ist, kann das nur eines bedeuten: Der Sklavenhändler hat ihn sich geschnappt!"

Ohne Zeit zu verlieren, stürmten sie zu der Stelle, an der Kephisodorus seine menschliche Ware anbot.

„Hier war gestern kein Junge, der so aussah",

brummte der riesige Mann schroff, als Philon ihn auf Jason ansprach.

„Geben Sie's schon zu", platzte Philon heraus. „Sie haben den Jungen verschleppt, um ihn in die Sklaverei zu verkaufen."

Der Sklavenhändler blinzelte einen Moment verwirrt, dann wurde er wütend.

„Also das ist ja die Höhe!", brüllte er. „Was glaubt ihr denn, wer ihr seid! Eine solche Anschuldigung ist ja ungeheuerlich!" Er hob drohend die Hand.

„Alles in Ordnung, Kephisodorus?" Ein Agoranomoi, der auf der Agora für Ordnung zu sorgen hatte, war auf den Tumult aufmerksam geworden und kam rasch auf sie zu.

„Der Mann hat einen Bürgersohn entführt", stieß

Philon keuchend hervor. „Er will ihn als Sklaven verkaufen!"

„Wie kommt ihr denn auf so einen Unsinn?" Der Aufseher brach in schallendes Gelächter aus. „Kephisodorus ist ein ehrlicher Mann. Er würde sich seine Ware nie auf illegale Weise besorgen."

„Aber Jason ist seit gestern spurlos verschwunden", warf Kephalos ein.

„Jason? Meint ihr etwa den Sohn des Nikias?"

„Ja. Er wurde hier entführt!"

Der Agoranomoi lachte wieder. „Der Junge wurde nicht entführt. Sein Vater hat mich informiert, dass er etwas angestellt hat und deswegen von zu Hause weggelaufen ist. Das ist sicher auch der Grund, warum ich ihn gestern bei Lysias, dem Geldwechsler, sah. Er hat sich bestimmt Geld geliehen, um sich alleine durchzuschlagen. Und jetzt verschwindet endlich!" Er machte eine ungeduldige Handbewegung zur Seite. „Kephisodorus jedenfalls hat mit der Sache nichts zu tun."

„Glaubst du das?", zischte Kephalos Philon zu, als sie sich eilig entfernten.

„Ich weiß nicht ... Ich traue Kephisodorus nicht", antwortete sein Vetter. „Mal sehen, was der Geldwechsler zu berichten hat."

Lysias, ein älterer Mann mit kurz geschnittenem Bart und Glatze, hatte seinen Tisch gegenüber dem Wurststand aufgestellt. Er zählte gerade einige Münzen, als die Freunde sich bei ihm nach Jason erkundigten.

„Jason", lächelte er, „ein netter Junge. Er besucht mich oft. Allerdings nicht, um sich Geld auszuleihen." Er schob ein Häufchen mit ausländischen Münzen auf die Seite. „Soll ich euch ein Geheimnis verraten?"

„Oh ja, bitte", sagten die beiden Jungen fast gleichzeitig und hielten vor Spannung den Atem an.

„Also", Lysias begann, eine Handvoll Silbermünzen auf dem Tisch auszubreiten und sie in zwei Dreiecke zu schieben, „seht ihr die Silbereulen hier?"

Kephalos nickte ungeduldig. „Ja, eine ganze Menge Drachmen mit der Eulenseite nach oben. Aber was ist das Geheimnis?"

„Jason und ich lieben beide Rätsel, und ich stelle ihm öfter Denkaufgaben." Er deutete auf die beiden Münzdreiecke. „Wie kann man die Eulen im unteren Dreieck so verschieben, dass es genauso wie das obere Dreieck aussieht, ohne dabei mehr als drei Eulen zu bewegen?" Er betrachtete die Jungen lächelnd. "Sicher mögt ihr auch Rätsel, oder?" Sie nickten zögernd. "Gut! Wenn ihr wissen wollt, wohin Jason gegangen ist, dann müsst ihr erst die Antwort auf diese Frage finden."

? *Wie müssen die Jungen die Eulen verschieben?*

Widersprüchliche Aussagen

„Unsere Nachforschungen haben uns ja nicht gerade weitergebracht", stellte Philon enttäuscht fest, als sie die verwinkelte, schmale Gasse von der Agora nach Hause gingen. „Keine der Zeugenaussagen deckt sich mit einer anderen. Jeder will etwas anderes beobachtet haben."

„Erinnerung trügt", philosophierte Kephalos. „Das hat Sokrates doch gesagt." Dann grinste er plötzlich. „Was hältst du eigentlich von der Geschichte, die uns der Geldwechsler aufgetischt hat?"

„Wenn du mich fragst", meinte Philon achselzuckend, „der Mann ist total verrückt. Jason sei mit einem einbeinigen Mann Richtung Stoa Basileus gelaufen – also wirklich!"

„Ein Mann mit Holzbein!" Kephalos kicherte. „Stell dir das nur mal vor. So einen Unsinn habe ich noch nie gehört. Dieser Lysias hat wirklich zu viel Fantasie. Der Sklavenhändler dagegen", fügte er ernst hinzu, „scheint mir höchst verdächtig. Wir sollten diese Spur morgen nach der Schule unbedingt weiterverfolgen."

Voller Tatendrang standen die Jungen am nächsten

Tag auf und nahmen, wie üblich, ihr Frühstück im Hof des Hauses im Stehen zu sich. Kephalos steckte sich eine Olive in den Mund und spuckte den Stein in hohem Bogen in die Ecke, wo sich die Hühner wie wild darum balgten. „Müssen wir uns nicht langsam auf den Weg machen?"

„Ja", nuschelte Philon mit vollem Mund. Er packte seinen Beutel und griff im Gehen noch schnell nach einem Stück Brot.

„Halt, wartet!" Aristides schritt aus seinem Arbeitszimmer in den Hof. „Ich kann euch unmöglich alleine zur Schule gehen lassen."

„Aber Vater", konterte Philon, „du hast doch selbst

gesagt, das sei kein Problem, solange mein Paidagogos verreist ist."

Aristides schüttelte den Kopf. „Das war, bevor die Kinder verschwanden."

„Kinder?", staunten die beiden Jungen.

„Ja, wie es scheint, ist jetzt auch Daphne von gegenüber weg."

„Daphne, die Tochter von Diodoros? Wie soll die denn verschwinden? Als Mädchen darf sie doch nicht aus dem Haus."

„Das ist es ja eben. Ihr Vater erzählte mir, dass sie gestern mit ihrer Amme ausging – obwohl ihr das verboten war. Seither ist sie nicht wieder aufgetaucht. In diesen Kriegszeiten kann man wirklich nicht vorsichtig genug sein. Ein Sklave wird euch zur Schule begleiten und dort auf euch warten."

Kurz darauf traten die Jungen zusammen mit dem Sklaven hinaus auf die Gasse.

„Die dumme Ziege", schimpfte Philon. „Vermutlich hat sie sich nur verlaufen." Dann fiel ihm plötzlich etwas ein. „Bei Zeus! Daphnes Amme ist aus Sparta! Vielleicht steckt doch mehr dahinter."

„Was? Meinst du etwa, es könnte sich um eine spartanische Verschwörung handeln?" Ungläubig blickte Kephalos seinen Vetter an.

„Klar doch. Die Spartaner umzingeln Athen ohnehin. Bestimmt haben sie auch innerhalb der Stadtmauern heimliche Verbündete."

„Keine schlechte Theorie", lobte ihn Kephalos. „Das wäre möglich. Wir müssen die Amme unbedingt vernehmen."

„Vergiss es!", erwiderte Philon resigniert und warf dem Sklaven einen grimmigen Blick zu. „Mit unserem Wachhund können wir ja nicht mal weiter nach Jason suchen." Er stampfte wütend mit dem Fuß auf, sodass eine Staubwolke aufwirbelte.

Sie gingen schweigend weiter. Obwohl es noch früh war, schien bereits die halbe Stadt auf den Beinen zu sein. Bürger waren auf dem Weg zur Agora, um dort an der täglichen Ratsversammlung teilzunehmen, andere wollten ins nahe gelegene Gymnasion, um Sport zu treiben, Sklaven eilten zum Markt oder kamen vom öffentlichen Brunnen zurück. Auf einmal blieb Philon ruckartig stehen.

„Wenn das kein göttlicher Zufall ist!", rief er und stellte sich breitbeinig vor eine Sklavin, die einen großen Tonkrug auf dem Kopf balancierte. Das Gefäß begann gefährlich zu schwanken, und das Wasser schwappte über, als das Mädchen versuchte, ihm auszuweichen.

„Sei gegrüßt", sprach er sie an, „Sklavin aus dem Haus des Diodoros."

Die Sklavin, die befürchtete, dass die Jungen ihr einen Streich spielen wollten, musterte sie argwöhnisch.

„Wie heißt du?", fragte Philon.

„Kryseis", antwortete sie kurz und machte Anstalten weiterzugehen. Doch als Philon ihr erklärte, weshalb er sie angesprochen hatte, stellte sie den schweren Krug ab und hörte ihm aufmerksam zu.

„... und ich dachte mir", beendete der Junge schließlich seinen Bericht, „dass du die Amme sicher gut kennst und sie für uns aushorchen könntest."

Kryseis dachte einen Augenblick nach. „Ich glaube nicht an eure spartanische Verschwörung", erklärte sie schließlich. „Die Amme Leda ist eine liebe Frau, die ihrer Herrschaft niemals etwas antun würde. Seit Daphnes Verschwinden ist sie außer sich vor Kummer." Sie betrachtete die Jungen. „Aber ich werde sie trotzdem fragen, was genau gestern geschehen ist. Wartet heute Abend vor dem Haus auf mich. Vielleicht weiß ich dann mehr."

Geschickt trieb Philon einen Kreisel an, der tanzend Staub aufwirbelte, während Kephalos einen klirrenden Metallreifen vor dem Haus hin und her jagte. Unter dem Vorwand, dass man auf der Gasse besser spielen könne als im Hof, war es den beiden Jungen gelungen, aus dem Haus zu schlüpfen. Jetzt warteten sie ungeduldig auf Kryseis.

„Da ist sie ja endlich", rief Kephalos, als er sah, dass Kryseis mit ihrem Wasserkrug aus dem gegenüberliegenden Haus trat. Das Mädchen blickte sich vorsichtig um und zog die beiden Jungen um die nächste Ecke.

„Was hast du herausgefunden?" Philon konnte es kaum erwarten.

„Als ich heute früh vom Wasserholen nach Hause kam", begann Kryseis, „ging ich gleich ins Gynaikeion, um mit Leda zu sprechen."

„Und? Hat sie gestanden?", unterbrach Kephalos sie neugierig.

„Sie war nicht da", erwiderte Kryseis. „Stattdessen wartete dort meine Herrin mit verweinten Augen auf mich. Sie meinte, sie hätte in der vergangenen Nacht wegen Daphne kaum geschlafen und müsste sich etwas hinlegen. Ich sollte Nephele, einer anderen Sklavin, bei der Webarbeit helfen."

„Das ist ja höchst interessant", stellte Philon sarkastisch fest. „Doch wir wollen eigentlich nur wissen, was die Amme dir erzählt hat."

„Sei doch nicht so ungeduldig", tadelte ihn die Sklavin. „Dazu komme ich doch gleich." Sie strich sich eine Haarsträhne aus der Stirn und fuhr mit ihrem Bericht fort. „Ich setzte mich also zu Nephele und half ihr, neue Kettfäden an den Querbalken zu knüpfen. Da Leda immer noch nicht aufgetaucht war, fragte ich die Sklavin, ob sie die Amme gesehen hätte. Sie meinte, Leda säße heulend in ihrer Kammer. Sie hätte schreckliche Angst, die Herrschaft könnte herausfinden, dass sie mit Daphne bei Polyxena war."

„Bei der Hexe?", rief Philon erschrocken.

Kryseis nickte. „Leda hat ein Geheimnis, und Nephele hat es mir verraten", verkündete sie triumphierend. „Ich musste bei der heiligen Athene schwören, dass ich es niemandem weitererzähle."

„Ein Geheimnis?" Kephalos sah sie erwartungsvoll an. „Sag schon."

„Also", kicherte Kryseis. „Leda hat sich angeblich in den Türsteher verliebt. Aber der interessiert sich leider überhaupt nicht für sie. Das war der Grund, weshalb sie zu der Hexe ging. Sie wollte sich einen Liebeszauber besorgen."

„Darf sie das denn?" Philon staunte.

„Eigentlich nicht", erwiderte Kryseis. „Aber zumindest hätte sie dabei Daphne lieber aus dem Spiel lassen sollen."

„Meinst du, die Hexe hat Daphne verzaubert?"

„Keine Ahnung. Als Leda wieder aus dem Hexenhaus trat, war Daphne jedenfalls wie vom Erdboden verschluckt." Sie seufzte. „Natürlich wollte ich wissen, was Leda selbst zu sagen hatte. Sobald ich mich vom Webstuhl loseisen konnte, schlüpfte ich in ihre Kammer und ließ mir von ihr berichten, was vorgefallen war. Was mir Nephele erzählt hatte, behielt ich für mich."

Die Jungen hielten gespannt den Atem an.

„Leda behauptete", fuhr Kryseis fort, „sie sei mit Daphne nach Koile gegangen, um für Daphnes Mutter ein Geschenk zu besorgen. Es gibt dort einen guten Parfümladen. Während Leda zahlte, ging Daphne schon mal auf die Straße, um draußen auf sie zu warten. Als die Amme folgte, war das Mädchen spurlos verschwunden."

Kryseis hielt einen Augenblick inne. „Danach begann Leda, mir unter Tränen zu beteuern, dass sie Daphne niemals mit zu einer Hexe nehmen würde, da das viel zu gefährlich sei."

„Also haben wir schon wieder widersprüchliche Aussagen", stellte Kephalos fest. „Eine der Frauen lügt."

„Ja", stimmte Philon zu. „Und ich weiß auch schon, welche."

 *Welche der beiden Sklavinnen hat gelogen?*

Im Haus der Hexe

„Wenigstens wissen wir jetzt, wo wir weiter nach Spuren suchen müssen", erklärte Philon. „Bei der Hexe."

„Klar", entgegnete Kephalos ironisch, „damit sie uns wie Daphne verzaubert."

Doch Philon überhörte ihn. „Kryseis", wandte er sich an die Sklavin, „weißt du, wo Polyxena wohnt?"

„Ja", das Mädchen nickte. „Nephele hat es mir genau beschrieben. Es ist nicht weit von der Agora, in Koile, dort, wo der Nymphenhügel an die Stadtmauern grenzt."

„Vater wurde zu einem Symposion geladen", stellte Philon nachdenklich fest. „Er kommt heute erst spät nach Hause. Und Mutter ist um diese Tageszeit immer mit Kochen beschäftigt." Er sah die beiden anderen auffordernd an. „Mit etwas Glück könnten wir vor dem Abendessen zurück sein, ohne dass jemand unsere Abwesenheit bemerkt."

„Worauf warten wir dann noch", grinste Kryseis. „Ich kann meiner Herrschaft erzählen, dass ich am Brunnenhaus ewig warten musste."

„Ich weiß nicht so recht ..." Kephalos war sichtlich unwohl bei dem Gedanken, die Hexe zu besuchen.

„Was soll schon passieren?", sprach ihm sein Vetter Mut zu. „Los, komm schon." Er packte ihn energisch am Arm und zog ihn die Gasse entlang.

Wenig später hatte das Trio den geschäftigen Marktplatz überquert und lief zielstrebig am Rundbau des Tholos vorbei, wo die täglichen Ratsversammlungen stattfanden.

„An der nächsten Ecke müssen wir rechts abbiegen", verkündete Kryseis, die noch immer ihren leeren Wasserkrug auf dem Kopf balancierte. Inzwischen war auch sie sich nicht mehr sicher, ob es klug war, zu der Hexe zu gehen. Sie blieb einen Augenblick stehen und blickte zurück auf die Agora und die Akropolis, die sich in der Ferne über der Stadt erhob. Die prächtigen Tempel flimmerten im Sonnenlicht.

„Heilige Athene, stehe uns bei", flüsterte sie leise.

Eine schmale, gewundene Gasse führte von hier aus zur Stadtmauer. Gleich links lagen die hohen Mauern des Gefängnisses, hinter denen Gefangene auf ihre Hinrichtung warteten. Danach begann der steinige Weg sacht anzusteigen. Atemlos liefen sie weiter.

„Endlich, das muss es sein!" Kryseis deutete auf

ein kleines Haus, das sich neben den Stadtmauern an den felsigen Berghang des Nymphenhügels schmiegte. Zögernd näherten sie sich der Eingangstür, die nur angelehnt war. Philon klopfte beherzt, doch nichts rührte sich.

„Hallo!", rief er. „Ist jemand zu Hause?"

Als sich selbst nach mehrmaligem Klopfen niemand meldete, schlüpften die Kinder schließlich durch den Türspalt in einen düsteren Vorraum, der nur karg mit ein paar Hockern und einem niedrigen Tisch eingerichtet war.

Noch immer war niemand zu sehen. Sie betraten den dunklen Korridor, der direkt in den Nymphenhügel hineinzuführen schien. Am Ende des Ganges konnten sie einen schwachen Lichtschein erkennen.

„Ich habe mal gehört", begann Kryseis flüsternd, während sie sich durch die Dunkelheit vorantasteten, „dass der hintere Teil des Gebäudes aus der Felswand ..." Eine heisere Stimme ließ sie innehalten.

„Borka borka phrix ..."

Sie schauderten. Nur wenige Schritte von ihnen entfernt stand die Hexe über eine Feuerstelle gebeugt. Ihre Haut glühte im goldenen Schein der Flammen, fast als ob sie von innen heraus leuchtete.

Über dem Feuer stand ein Dreifuß mit einem Kes-

sel, in dem eine braune Masse blubberte. Die Hexe hatte ihre offenen Handflächen gegen die Decke erhoben und summte mit geschlossenen Augen eine eintönige Melodie.

Die Kinder kauerten sich im Schatten des Türpfostens nieder und hielten erschrocken den Atem an. Polyxena sah wirklich zum Fürchten aus, wie sie sich so in Trance hin- und herwiegte. Ihr offenes, verfilztes Haar reichte der Hexe bis zu den Hüften und verdeckte den blutroten Chiton darunter fast vollständig.

„Borka borka phrix, lai lai lamlai", leierte die unheimliche, heisere Stimme der Hexe nun wieder unverständliche Worte vor sich hin. „Naxlai nim lai lailam lai, abraxax, ablaxnas. Namachara, amachar, macha, ach, a ..."

Die Hexe öffnete ihre Augen, die mit leerem Blick ins Feuer starrten. Im Schein der Flammen glühten sie wie rote Kohlen.

Kephalos schnappte entsetzt nach Luft. Das Herz schlug ihm bis zum Hals. Wenn Polyxena sie jetzt entdeckte, würde sie sie sicher in hässliche Kröten oder Ratten verwandeln.

Doch die Hexe war so in ihren Zauber vertieft, dass sie ihre Besucher nicht wahrnahm. Gerade warf sie etwas in die Flammen, die daraufhin zischten, wie wild aufloderten und den Raum in ein blaues Licht tauchten. Graue Rauchschwaden stiegen hoch und hüllten die Hexe in geheimnisvollen Nebel ein.

Kephalos' Augen begannen zu brennen, der Rauch kratzte unerträglich im Hals. Und dann geschah es: Er bekam einen Hustenanfall. Verzweifelt versuchte er, ihn zu unterdrücken, aber vergeblich. Er hustete und hustete so lange, bis sich der Rauch endlich verzogen hatte und aufhörte, seine Kehle zu reizen.

„Schlangenköpfige Medusa!", fluchte die Hexe mit schriller Stimme. „Was macht ihr denn hier? Könnt ihr nicht anklopfen?" Sie funkelte die Kinder an, die wie versteinert dastanden und die Hexe furchtsam anstarrten.

„Bei Hades!", kreischte sie und fuchtelte wild mit den Händen. „Hat es euch die Sprache verschlagen?"

„Verzeihung", krächzte Philon schließlich. „Die Tür war offen. Wir wollten Sie etwas fragen."

„Und?"

„Ähm", stotterte der Junge. „Wir suchen nach der Tochter des Bürgers Diodoros. Sie heißt Daphne und ist seit gestern verschwunden. Wir haben gehört, dass sie vorher mit ihrer Amme hier war."

„Daphne?" Die Hexe zuckte mit den Achseln.

„Noch nie von ihr gehört." Dann zog sich ein breites Grinsen über ihr Gesicht. „Ein paar Silbereulen allerdings würden mein Gedächtnis vielleicht wieder auffrischen." Sie hielt ihre Hand auf.

Philon zog eine Münze aus seinem Beutel und

reichte sie der Frau, die das Geldstück kritisch prüfte.

„Da ist eigentlich nichts Großartiges zu berichten", begann sie. „Daphnes Amme kam zu mir, um sich einen Liebeszauber zu besorgen. Meine Liebeszauber haben in Athen einen einmaligen Ruf, und viele junge Frauen und Männer suchen mich deswegen auf." Stolz strich sie sich das Haar aus der Stirn.

„Und Daphne?", unterbrach Philon die Hexe.

„Das Mädchen wartete vor dem Haus." Sie räusperte sich. „In der Regel ziehe ich es vor, mit meinen Kunden allein zu sein. Nachdem Leda und ich unser Geschäft erledigt hatten, traten wir auf die Straße hinaus. Das Kind war weg."

„Haben Sie eine Ahnung, was passiert sein könnte?" Philon blickte Polyxena erwartungsvoll an.

„Das liegt doch wohl auf der Hand", meinte die Hexe. „Sie hat die Gelegenheit beim Schopf ergriffen und ist davongelaufen. Und vorher hat mir das dumme Ding noch mit Kohle ein N auf die Hauswand geschmiert! Wenn ich die erwische ..."

„Aber wieso sollte sie denn davonlaufen?"

„Ihre Amme hat mir erzählt, dass das Mädchen demnächst nach Brauron gehen sollte."

„Das stimmt", bestätigte Kryseis. „Daphne war kürzlich als Priesterin für das Artemis-Heiligtum in Brauron auserwählt worden. Aber deswegen wäre sie nie weggelaufen. Sie war sehr stolz darauf und konnte es kaum erwarten."

Polyxena zuckte mit den Achseln. „Wie es scheint, war sie das wohl doch nicht ..."

„Nein", Kryseis war sich ganz sicher. „Das ist bestimmt nicht der Grund für ihr Verschwinden."

Da hatte Philon eine Idee. Er zog noch eine Mün-

ze aus seinem Beutel und hielt sie zwischen zwei Fingern hoch.

„Gibt es möglicherweise einen Zauber, mit dessen Hilfe wir herausfinden könnten, was mit Daphne geschehen ist?", fragte er die Hexe.

Polyxena begutachtete die Münze mit gierigen Augen.

„Vielleicht", meinte sie. „Ich könnte ein Orakel befragen. Gelegentlich hilft das in solchen Situationen weiter." Sie griff nach dem Geldstück und holte von einem Haken an der Wand einen kleinen Lederbeutel. Dann begann sie, den Beutel, dessen Inhalt leise rasselte, zu schütteln. Sie murmelte einen unverständlichen Zauberspruch, öffnete das Säckchen und leerte es auf dem Boden aus.

„Bohnen?", bemerkte Kephalos. „Wie sollen uns verschrumpelte Bohnen weiterhelfen?" Fassungslos betrachtete er die getrockneten Bohnen, die auf dem Boden verstreut lagen.

„Die Bohnen sind mit Buchstaben markiert", erklärte die Hexe. „Die dunklen Bohnen zählen nicht.

Wenn ihr die Buchstaben auf den hellen Bohnen in der richtigen Reihenfolge aneinanderreiht, dann geben sie euch einen Hinweis."

Philon schüttelte ungläubig den Kopf. „Können Sie uns nicht einfach sagen, wie der Hinweis lautet?"

„Das müsst ihr schon selbst herausfinden", meinte die Hexe und lachte hämisch. „Ich kann euch da nicht weiterhelfen. Ich kann nicht lesen."

Welche Botschaft ist im Orakel verborgen?

Bescheidene Einbrecher?

Am nächsten Morgen herrschte im Haus des Aristides helle Aufregung.

„Ich habe wirklich nichts gehört und gesehen", beteuerte der alte Türsteher, den Tränen nahe, während Aristides rastlos im Hof auf und ab schritt. Er konnte es immer noch nicht fassen, dass in der Nacht in sein Arbeitszimmer eingebrochen worden war.

Kephalos, seine Tafel bereits unter dem Arm, spähte neugierig durch die offene Tür. „Bei Zeus!", rief er entsetzt. „Das sieht ja aus, als sei ein wilder Stier hindurchgestürmt."

Der Raum, sonst stets mustergültig aufgeräumt, war nicht wiederzuerkennen. Buchrollen und Pläne, die normalerweise in Schatullen aufbewahrt wurden, lagen halb aufgerollt auf dem Steinboden verstreut. Entwurfszeichnungen, gewöhnlich ordentlich auf dem Zeichentisch ausgebreitet, waren vom Tisch gefegt worden. Zu allem Überfluss war der dreifüßige bronzene Ständer, auf dem eine Öllampe ruhte, umgestürzt worden, und das Öl hatte sich über viele Schriftstücke ergossen. Die Holztruhe in der Ecke hatten die Einbrecher gewaltsam aufgebrochen. Betroffen blickte Kephalos auf die leere Wandnische hinter dem Zeichentisch. Wo war Onkel Aristides' Lieblingsstück? Sein erlesener Weinkrater, ein Geschenk von Perikles, auf den er so stolz war, lag in unzählige Scherben zerbrochen auf dem Steinboden.

„Ist viel gestohlen worden?", fragte Kephalos den Onkel leise.

Aristides schüttelte den Kopf. „Den Göttern sei Dank!", seufzte er. „Irgendetwas muss die Männer bei ihrer Arbeit überrascht haben, denn es fehlt kaum etwas. Soweit ich es beurteilen kann, ist nur die wertlose Bauzeichnung einer Lagerhalle, die ich ver-

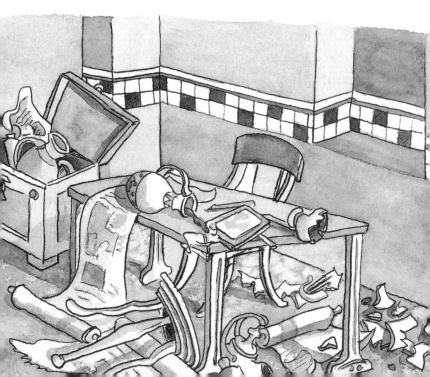

gangenes Jahr in Piräus gebaut habe, verschwunden. Sonst nichts."

„Seltsam." Kephalos betrachtete das Chaos stirnrunzelnd. „Warum stehlen Mauerdurchbrecher einen alten Plan? Normalerweise sind die doch eher auf Silber und Gold aus."

„Das ist mir auch ein Rätsel", meinte der Onkel. „Die Kassette, in der ich meine Silbereulen aufbewahre, haben die Einbrecher zwar aufgebrochen, doch kein einziger Obolus fehlt."

„Wenn ihr mich fragt", mischte sich Philon ein, „haben die Einbrecher nach etwas Bestimmtem gesucht."

„Was sollen sie denn gesucht haben?" Aristides schüttelte den Kopf. „Den wertlosen Plan einer Lagerhalle, die längst gebaut ist? Nein, der ist, außer als Schmierpapier, für niemanden von Nutzen."

Er runzelte die Stirn. „Ist es nicht Zeit, dass ihr euch auf den Schulweg macht?"

„Ja", räumte Philon nur unwillig ein. Er hätte viel lieber im Arbeitszimmer nach Spuren gesucht, doch davon wollte sein Vater absolut nichts wissen.

Kurz darauf standen die Jungen mit ihrem Sklaven draußen auf der Gasse, wo sich vor dem Haus des

Architekten bereits eine kleine Menschenmenge versammelt hatte. Die Umstehenden betrachteten neugierig die Hauswand. In der Mauer, nicht weit von der Haustür entfernt, klaffte ein Loch, gerade groß genug, dass ein Mann hindurchkriechen konnte.

„Warte einen Augenblick", befahl Philon dem Sklaven. „Wir kommen gleich." Er konnte es sich einfach nicht entgehen lassen, das Loch, durch das die Einbrecher ins Arbeitszimmer eingedrungen waren, genauer anzusehen. Gerade wollte er Kephalos durch das Gedränge näher zur Wand ziehen, als er eine bekannte Stimme hinter sich hörte.

„Was ist denn hier los?" Es war Kryseis, die später als gewöhnlich unterwegs zum Brunnen war.

„Mauerdurchbrecher", erklärte ihr Philon fachmännisch. „Sie haben vergangene Nacht bei uns eingebrochen."

„Haben die Einbrecher viel gestohlen?", fragte das Mädchen besorgt, während sie gleichzeitig die Jungen näher zur Mauer schob, um das Loch besser sehen zu können.

„Bis auf einen wertlosen Plan ist nichts verschwunden."

„Seltsam", murmelte Kryseis und stellte ihren Wasserkrug ab. „Einbrecher, die sich erst die Mühe machen, durch eine Mauer zu brechen und dann nichts mitgehen lassen – das habe ich ja noch nie gehört." Sie überlegte einen Augenblick. „Vielleicht dachten sie, dass es ein Schatzplan ist." Interessiert betrachtete sie die Öffnung.

Ein älterer Mann neben ihr, der das Loch ebenfalls neugierig begutachtete, schob einen zerbrochenen Lehmziegel zur Seite. „Wenn die Athener ihre Mauern solider bauen würden", sagte er, „könnte so etwas nicht passieren."

„Andererseits", mischte sich ein anderer Mann ein, der die Bemerkung gehört hatte, „haben schlecht gebaute Mauern auch ihr Gutes."

„Und was wäre das?"

„Würden wir solide Mauern bauen, hätten die Bewohner von Platäa es nie geschafft, sich heimlich zu treffen."

„Richtig", stimmte ihm der Alte lachend zu. „Das hätte ich beinahe vergessen."

„Was meint er denn damit?", fragte Kryseis die Jungen flüsternd.

„Was, du weißt nicht, was im Frühjahr in Platäa passiert ist?" Philon blickte die Sklavin erstaunt an.

Kryseis zuckte mit den Achseln.

„Ach so", grinste Philon. „Ich hätte fast vergessen, dass du nur ein Mädchen bist."

„Und was soll das nun bedeuten?"

„Na, dass du nichts weißt."

Die Sklavin funkelte den Jungen wütend an. „Ich weiß mehr, als du denkst", fauchte sie.

„Ach was?" Philon grinste. „Es ist doch bekannt, dass es äußerst gefährlich ist, wenn Mädchen zu viel wissen. Deswegen dürfen sie ja nicht zur Schule. Mein Vater sagt immer, dass zu viel Wissen Mädchen zu den reinsten Giftschlangen macht."

„So ein Quatsch", fuhr ihn Kryseis beleidigt an. Sie griff nach ihrem Wasserkrug, hob ihn schwungvoll an und platzierte ihn auf ihrem Kopf. Wenn die Jungen sie so behandelten, dann würde sie ihnen eben nicht verraten, was sie soeben entdeckt hatte. Sollten sie es doch selbst herausfinden, wenn sie so viel wussten.

„Vermutlich interessiert es euch sowieso nicht", sagte sie spitz. „Doch ich habe soeben herausgefunden, dass Jasons und Daphnes Verschwinden mit dem Einbruch bei euch im Haus zusammenhängt." Dann drehte sie sich um. „Guten Morgen", sagte sie und wollte Richtung Brunnenhaus davongehen.

„Halt, warte!", rief Kephalos, während er sie sachte am Arm zurückhielt. „Philon hat das nicht so gemeint. Es ist wichtig, dass wir zusammenhalten." Er sah das Mädchen bittend an. „Du weißt doch selbst, was das Bohnenorakel gesagt hat: ‚Helft uns!' Wir können Daphne und Jason doch nicht einfach im Stich lassen."

Kryseis blieb unentschlossen stehen.

"Na, sag schon", bettelte Philon, der sich vor Neugier kaum mehr halten konnte. "Wieso vermutest du, dass die Entführungen und der Einbruch zusammenhängen?"

"Das würdet ihr wohl gerne wissen." Kryseis genoss es, die beiden Jungen hinzuhalten. "Erst sagt ihr mir, was in Platäa passiert ist, dann verrate ich euch, was ich entdeckt habe."

"Na gut", stöhnte Philon. "Im Frühjahr, kurz bevor der Krieg mit Sparta ausbrach, wurde Platäa, eine Polis, die mit uns verbündet ist, von den Thebanern besetzt. Siegessicher waren die Feinde überzeugt, dass sich die Stadtbewohner resigniert in ihre Häuser zurückgezogen hatten. Sie hegten nicht den geringsten Verdacht, dass die Männer in der Nacht die Verbindungsmauern zwischen den Häusern durchbrachen, um sich heimlich zu versammeln und einen Angriff gegen die Belagerer vorzubereiten. Im Morgengrauen stürmten sie dann aus den Häusern und verjagten die ahnungslosen Thebaner aus der Stadt. Das war alles. Und du, was hast du herausgefunden?"

Kryseis grinste. „Ich dachte, ein Mädchen weiß nichts."

„Das darf doch wohl nicht wahr sein", platzte Kephalos plötzlich heraus und deutete auf das Loch in der Wand, wo einige Hühner im Straßenstaub nach Körnern pickten. Eine Ziege hatte sich dazugesellt und schnupperte an den zerbrochenen Ziegeln. Sie fand ein staubiges Büschel Gras, rupfte es aus und begann, genussvoll zu kauen.

„Ja und?", fragte Philon. „Hühner und eine Ziege? Was ist da so Besonderes daran?"

„Nein, nicht die Tiere, du Dummkopf. Schau mal genauer hin! Kryseis hat recht. Der Einbruch hängt tatsächlich mit Daphne und Jason zusammen. Und außerdem weiß ich jetzt genau, welcher der Zeugen auf der Agora die Wahrheit gesagt hat."

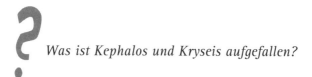
Was ist Kephalos und Kryseis aufgefallen?

Der Bettler am Brunnen

„Natürlich", rief Philon, „jetzt sehe ich es auch. Die Fußspuren, die zum Loch führen, gehören einem Mann mit Holzbein. Der Geldwechsler hat uns doch nicht angelogen."

„Stimmt", bestätigte Kephalos. „Und jemand hat ein N an die Wand geschmiert. Das gleiche N wie auf Jasons Tafel ..."

„... und", ergänzte Kryseis, „auf der Wand des Hexenhauses."

„N", überlegte Philon. „Was kann das nur bedeuten?"

In diesem Augenblick kam ein junger Mann die Gasse hochgerannt. Schweißperlen glitzerten auf seiner Stirn. „Acharnä brennt!", keuchte er atemlos. „Die Spartaner haben unsere Olivenhaine und Weizenfelder in Brand gesteckt!"

Kephalos blickte erschrocken auf.

„Acharnä? Unmöglich!", warf einer der Umstehenden ein.

„Doch", bekräftigte der Läufer, „man kann die Rauchschwaden von der Stadtmauer aus sehen."

„Wir sollten die Spartaner endlich auch auf dem Land angreifen", mischte sich ein Mann, der einen purpurroten Chlamys trug, ein. „Ich bin es leid, untätig zuzusehen, wie unsere Feinde Attika brandschatzen."

„Wir sind nicht untätig", entgegnete ein älterer Mann. „Perikles' Strategie ist es, den Feind dort anzugreifen, wo er am verletzlichsten ist: auf dem Meer. Unsere Flotte attackiert täglich peloponnesische Küstenstädte."

„Aber was haben wir davon, wenn die Spartaner gleichzeitig unsere Felder in Brand stecken?", rief ein junger Archaner aufgebracht. „Allein Acharnä hat fast 3000 Hopliten, die alle tatenlos hier in Athen herumsitzen. Zusammen mit unseren Bundesgenossen wäre es uns ein Leichtes, die Spartaner auch auf dem Land zu besiegen."

„Genau!", stimmte ihm der Mann im roten Umhang begeistert zu. „Auf in die Schlacht!"

Eine heiße Diskussion entwickelte sich, und niemand interessierte sich mehr für das Loch in der Wand.

„Jetzt ist Diodoros auch noch eine Sklavin entlaufen", verkündete Aristides am folgenden Morgen.

„Erst die Tochter, dann die Sklavin." Er packte den Zipfel seines Himations mit der rechten Hand und warf den Umhang weit ausholend über die linke Schulter, während einer der Hausklaven die Falten glatt strich.

Die beiden Jungen tauschten einen vielsagenden Blick aus. „Also doch eine spartanische Verschwörung", zischte Philon. „Ich wette, die Amme hat sich nach Sparta abgesetzt."

„Die Sklavin ging gestern früh zum Brunnen", fuhr sein Vater fort, „und ist nicht mehr zurückgekehrt."

„Zum Brunnen?", rief Kephalos entsetzt aus. „Aber das ist ja …"

„Ja", fiel ihm Aristides ins Wort, „das ist wirklich unerhört."

„... Kryseis", beendete Kephalos flüsternd seinen Satz. „Sie haben Kryseis erwischt." Erschrocken sahen sich die Freunde an.

Wenig später traten sie zusammen mit dem Sklaven hinaus auf die Gasse. Ein Handwerker war gerade dabei, das Loch in der Wand zuzumauern und neu zu verputzen. Wortlos schlugen sie den Weg zur Schule ein.

„Und was jetzt?", brach Philon schließlich das Schweigen.

„Keine Ahnung", erwiderte Kephalos finster. Doch dann hellte sich sein Blick auf. „Wir könnten nach der Schule zum Brunnenhaus gehen, um dort nach Spuren zu suchen."

„Gute Idee!", stimmte ihm Philon erleichtert zu. „Bei den Stiegen neben dem Brunnen sitzt immer ein Bettler. Jeden Tag hockt er dort und spielt Flöte. Vielleicht ist ihm ja etwas Ungewöhnliches aufgefallen."

Der Unterricht erschien den Jungen an diesem Tag endlos. Zuletzt kündigte Nikomedes, ihr Lehrer, an, dass er ihnen eine Passage aus der Odyssee diktieren würde. Anschließend sollten die Schüler den Text auswendig lernen und ihn, wie im Theater, mit verteilten Rollen vortragen. Philon machte dies normalerweise großen Spaß, doch heute war er überhaupt nicht bei der Sache. Erst als er das Wort *Piraten* hörte, spitzte er die Ohren.

„In diesem Abschnitt der Odyssee", erklärte der Lehrer, „erzählt uns der Schweinehirt Eumäus seine Lebensgeschichte. Eumäus, stellt sich heraus, ist nicht immer Schweinehirt gewesen, sondern war einst der Sohn eines mächtigen Königs. Eines Tages jedoch landeten phönizische Händler in seinem Vaterland. Eumäus' Amme, eine Phönizierin, die als Mädchen von Piraten entführt und in die Sklaverei verkauft worden war, bekam dadurch die einmalige Gelegenheit, in ihr Heimatland zurückzukehren. Sie entführte Eumäus und tauschte ihn bei den Händlern gegen eine Heimfahrt auf dem Schiff ein."

Als die Jungen nach Schulschluss aus dem Klassenzimmer stürmten, erläuterte Philon seinem Vetter leidenschaftlich seine neue Theorie. Er war sich seiner Sache jetzt ganz sicher: Die verschwundenen Kinder waren von Piraten entführt worden. Doch Kephalos war alles andere als überzeugt.

„Piraten", hielt er dagegen, „leben auf Schiffen. Zugegeben, sie sind gefährlich, doch sie würden es nie wagen, in Athen an Land zu gehen, um dort Kinder zu rauben. Bevor wir voreilige Schlüsse ziehen, sollten wir erst den Bettler befragen."

„Einverstanden." Philon wollte schon losziehen, als er den Sklaven sah, der auf der gegenüberliegenden Straßenseite auf die Jungen wartete. „Aber was machen wir mit unserem Wachhund?", murmelte er enttäuscht.

„Da wird uns bestimmt etwas einfallen." Kephalos zwinkerte ihm grinsend zu. „Bist du nicht auch hungrig und durstig?"

„Nein, wieso?", wunderte sich Philon.

„Wäre es nicht toll, wenn uns der Sklave auf der Agora Würstchen besorgen würde, während wir zum Brunnen gehen, um zu trinken?"

„Würstchen? Trinken? Bist du jetzt völlig übergeschnappt?"

Kephalos schüttelte ungeduldig den Kopf. „Verstehst du denn gar nichts? Natürlich gehen wir nicht zum Brunnen, um zu trinken. Wir gehen dorthin, um ungestört mit dem Bettler zu reden, während der Sklave die Würstchen holt."

„Kephalos, du bist ein Genie!" Philon klopfte ihm anerkennend auf die Schulter. „Natürlich bin ich hungrig", schmunzelte er. „Hörst du nicht, wie mein Magen knurrt?"

Von der Schule, die in einer kleinen Seitenstraße lag, war es nur ein Katzensprung zur Agora, und der Sklave ließ sich mühelos dazu überreden, den kleinen Umweg zu machen. Er lieferte die Jungen am Brunnenhaus ab, und nachdem sie ihm versichert hatten, dort brav auf ihn zu warten, steuerte er zielstrebig auf die Wurststände zu.

Das Brunnenhaus war ein beeindruckender Säulenbau. Überall sprudelte frisches Quellwasser aus steinernen Löwenköpfen. Das Wasser stammte vom Lykabettos-Berg und wurde von dort in Rohren in die Stadt geleitet. Wie Philon vorausgesagt hatte, hockte der Bettler an seinem Stammplatz gleich neben der steilen Treppe. Er nickte den Jungen freundlich zu, ohne die melancholische Melodie, die er auf seiner Panflöte spielte, zu unterbrechen.

Kephalos wartete nicht, bis der Bettler sein Stück

beendet hatte, sondern fragte ihn ohne Umschweife nach Kryseis. Augenblicklich unterbrach der Bettler sein Flötenspiel und musterte die beiden Jungen aufmerksam. Dann deutete er aufgeregt auf die Scherben eines Tonkruges am Straßenrand und stieß dabei unverständliche Laute aus.

„Kryseis' Wasserkrug!", stieß Philon hervor.

Der Bettler nickte energisch.

„Erzähl uns, was geschehen ist!", ermunterte Kephalos den Mann. Doch der schüttelte traurig den Kopf und zeigte auf seinen Mund. Er war stumm. Enttäuscht wollten die Jungen schon aufgeben, da begann der Bettler, mit seinem Zeigefinger kleine Figuren in den Straßenstaub zu malen.

„Soll das Kryseis sein?", fragte Philon ihn aufge-

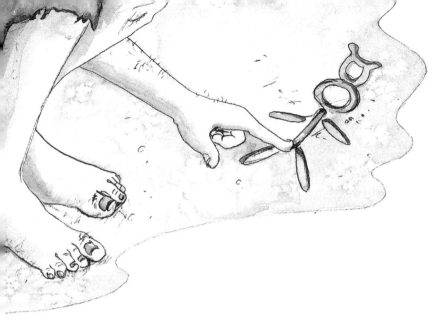

regt und deutete auf eine Figur, die einen Wasserkrug auf dem Kopf trug.

Der Bettler nickte und fuhr eifrig fort zu zeichnen.

„Bei Zeus", rief der Junge erschüttert, als er schließlich die Bildergeschichte betrachtete. „Kryseis wurde von dem Einbeinigen und einem Komplizen verschleppt. Wie wir vermutet haben. Wohin hat man sie nur gebracht?"

Da zog der Bettler einige Scherben aus seinem Bündel und reichte sie dem Jungen, der sie gleich neugierig untersuchte.

„Da steht etwas drauf", stellte er fest. „Soll das ein Hinweis sein?"

Der Bettler nickte lebhaft.

„Aber das ist völlig unleserlich", meinte Kephalos enttäuscht.

„Nein", entgegnete Philon. „Nicht, wenn wir versuchen, die Bruchstücke zusammenzusetzen!"

Was steht auf den Scherben?

Die Herberge zum blauen Delfin

„Neue Lieferadresse: Xanthias' Lagerhalle in Piräus", las Philon stockend vor, nachdem er die Teile zusammengesetzt hatte. „Was soll das? Haben etwa die Entführer diese Scherben verloren?"

Heftig nickend bejahte der Bettler.

Philon überlegte. „Ob sie die geraubten Kinder dort versteckt halten?"

Der Alte machte eine abwägende Handbewegung, als sei er sich nicht ganz sicher, und begann eifrig, wieder etwas in den Straßenstaub zu zeichnen. Erstaunt beobachteten die Jungen, wie vor ihnen die Skizze eines Segelschiffes mit gehissten Segeln entstand, umgeben von Wellen, Fischen und Delfinen.

Kephalos begriff als Erster, was der Bettler meinte. „Die Kinder werden in der Lagerhalle gefangen gehalten, um von dort aus auf dem Schiff aus Attika herausgeschmuggelt zu werden! Wahrscheinlich sollen sie im Ausland in die Sklaverei verkauft werden!" Er schauderte.

„Natürlich!" Philon sah plötzlich alles klar vor sich. „Der gestohlene Plan aus Vaters Arbeitszimmer!

Ich möchte wetten, dass die Entführer die Kinder in der Halle gefangen halten, die Vater gebaut hat. Kephalos, wir müssen unbedingt nach Piräus!"

„Zwei Jungen allein nach Piräus? Im Krieg?", wandte sein Vetter ein. „Das erlaubt Aristides nie! Außerdem ist es viel zu weit."

„Genau 39 Stadien", klärte ihn Philon auf. „Das ist leicht zu schaffen." Er hielt einen Augenblick inne und dachte nach. „Wolltest du nicht unbedingt einmal eine Baustelle meines Vaters besichtigen?"

„Nicht, dass ich wüsste."

„Na, jetzt willst du es eben", verkündete Philon bestimmt. „Soviel ich weiß, hat Vater morgen auf seiner Baustelle in Piräus zu tun. Wenn du ihm etwas schmeichelst, nimmt er uns sicher mit."

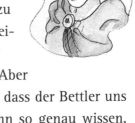

„Ja, das könnte klappen. Aber können wir wirklich sicher sein, dass der Bettler uns nicht anlügt? Woher will er denn so genau wissen, wohin die Entführer Kryseis gebracht haben?"

Der Bettler, der die Auseinandersetzung der beiden Jungen aufmerksam verfolgt hatte, grinste breit, sodass man seine Zahnlücken sehen konnte. Dann zog er theatralisch an seinen Ohren.

„Natürlich!" Kephalos lachte, und seine Zweifel verschwanden. „Wie konnte ich nur Ihre Ohren vergessen. Die Entführer haben sich unterhalten, und Sie haben alles mitbekommen. Sie haben uns sehr geholfen, vielen Dank!" Er warf dem Bettler eine Münze in die Schale. Gerade rechtzeitig, denn in diesem Augenblick kam der Sklave mit den Würstchen zurück.

Am nächsten Morgen, kurz nach Sonnenaufgang, traten Aristides, sein Sekretär und die beiden Jungen durch das Tor in der südlichen Stadtmauer. Am Vortag waren in Athen drei weitere Kinder verschwunden. Die Nachricht hatte sich wie ein Lauffeuer he-

rumgesprochen. Aristides war es daher nur recht, die Jungen mitzunehmen. Wenigstens, so glaubte er, waren sie in Piräus vor dem geheimnisvollen Kinderfänger sicher. Er hatte vor, dort in einer Herberge zu übernachten und erst am folgenden Tag wieder nach Athen zurückzukehren.

„Ist hier immer so viel los?", wunderte sich Kephalos, als er sah, wie viele Menschen auf der gepflasterten Straße zwischen den langen Mauern unterwegs waren.

„Nein, im Gegenteil", erklärte Aristides seinem Neffen. „In Friedenszeiten wird diese Straße kaum benutzt. Da marschieren hier nur gelegentlich Soldaten entlang. Für den normalen Verkehr gibt es eine

weitere Straße, die außerhalb der Mauern nach Piräus führt. Aber im Krieg ist es viel zu gefährlich, sie zu benutzen."

„Und was für Leute sind das da drüben?" Kephalos wies auf die notdürftig aufgeschlagenen Zelte und Bretterverschläge an der Mauer.

„Das sind wie du Flüchtlinge aus Attika", seufzte der Onkel. „Wer keine Verwandten oder Freunde in der Stadt hat, muss schauen, wo er unterkommt. Wenigstens sind sie zwischen den langen Mauern vor den Spartanern sicher."

Sie gingen schweigend weiter.

„Ich bin müde", beschwerte sich Philon nach einer Weile. „Können wir nicht ein bisschen rasten?"

Sein Vater prüfte den Stand der Sonne. „Na gut", meinte er, „solange wir vor Mittag in der Stadt sind." Er schob seinen breitrandigen Hut zurück, lehnte seinen Wanderstab an die Mauer und hockte sich auf einen Stein am Straßenrand. Die Jungen machten es ihm nach.

„Während wir Pause machen, kann ich euch schon einmal ein bisschen von Piräus erzählen", sagte Aristides kurz darauf. Er wandte sich an seinen Sohn. „Hast du deine Wachstafel dabei?"

Der Junge stutzte, zog die Tafel und den Griffel

aus seinem Beutel und reichte sie stirnrunzelnd dem Vater.

Dieser ritzte geschickt ein Gittermuster in das Wachs und beschriftete es.

„Das ist ein Plan von Piräus", erklärte er. „Fällt euch etwas Besonderes auf?"

„Die Straßen sind alle gerade, nicht verwinkelt wie in Athen", stellte Kephalos fest.

„Richtig", lobte ihn sein Onkel. „Und wisst ihr, warum das so ist?" Der Onkel wartete keine Antwort ab, sondern setzte gleich mit seiner Erklärung fort. „Piräus wurde nach den Perserkriegen von dem berühmten Städteplaner Hippodamos völlig neu wieder aufgebaut. Wer hätte je gedacht, dass man Straßen mit einem Lineal ziehen kann ..."

Philon gähnte gelangweilt. Wenn sein Vater erst einmal anfing, über Architektur zu reden, dann hörte er nicht so schnell wieder auf.

Noch bevor die Sonne den Zenit erreicht hatte, kamen sie in der Hafenstadt an. Eine frische Brise vom Meer trug den Geruch von Salz und Fisch in die Stadt. Die Straßen waren voller Menschen, und es gab so viel zu sehen, dass es Kephalos fast schwindelig wurde.

„Aristides", ertönte plötzlich eine Stimme aus dem Gewühl. „Welche Überraschung, Sie hier zu sehen."

„Xanthias!" Aristides hielt erfreut an. „Wie läuft das Geschäft?"

„Ich kann mich nicht beschweren", antwortete der andere. Rasch waren die beiden Männer in ein Gespräch über Öl- und Weinpreise, den Krieg und die Flüchtlingssituation vertieft.

„Xanthias! Das ist unser Mann", raunte Philon seinem Vetter aufgeregt zu, als sie schließlich weitergingen.

Kephalos nickte ernst. „Ja. Wir müssen so schnell wie möglich herausfinden, wo seine Lagerhalle steht, um die Kinder zu befreien."

Doch dazu hatten sie den ganzen Tag keine Gelegenheit. Aristides hatte sich vorgenommen, ihnen nicht nur seine neueste Baustelle, sondern auch alle Tempel und Denkmäler der Stadt zu zeigen. Kephalos' Bitte, auch einen seiner vollendeten Bauten – wie beispielsweise die Lagerhalle des Xanthias – zu besichtigen, wurde auf den nächsten Tag verschoben. Erschöpft und mit wunden Füßen kamen sie am Abend schließlich in der Herberge zum blauen Delfin an, wo Aristides übernachten wollte.

„Sie haben Glück", knurrte der Wirt unfreundlich. „Wir haben noch zwei Zimmer frei." Er humpelte hinter der Theke hervor und rief nach einem Sklaven. Bei seinem Anblick hielten die Jungen vor Schreck den Atem an: Der Mann hatte ein Holzbein.

Einen Augenblick später führte sie ein Sklavenjunge die Holztreppe in den ersten Stock hinauf.

„Dein Herr", sprach Philon den Jungen an, als er ihnen ihre Kammer zeigte, „wer ist der Mann?"

„Kreon aus Kition", gab der Junge knapp zurück

„Kann es sein, dass er in der letzten Zeit häufig in Athen war?", fragte Kephalos weiter.

„Warum wollt ihr das wissen?", gab der Junge misstrauisch zurück.

„In Athen sind einige Kinder verschwunden, und wir haben den Verdacht, dass man sie hierhergebracht hat!" Philon hatte keine Lust, um den heißen Brei herumzureden.

„Woher ...?", stotterte der Junge. „Nein, damit hat mein Herr nichts zu tun!" Und er schlüpfte eiligst aus dem Zimmer.

In dieser Nacht konnten Kephalos und Philon nicht einschlafen. Es gab zu viel zu bereden. Da hörten sie plötzlich ein leises Klopfen an der Tür. Als Kephalos öffnete, konnte er gerade noch eine Gestalt erkennen, die den Gang entlangeilte und im Schatten verschwand. Gerade wollte er die Tür wieder schließen, als er auf der Schwelle einen zerknüllten Zettel bemerkte. Er hob ihn auf und strich das Papier sorgfältig glatt.

„Da steht etwas drauf", stellte er fest und hielt den Zettel neugierig in das fahle Licht der Fackel, die den Gang spärlich erleuchtete. „Allerdings ist es kein Griechisch." Stirnrunzelnd studierte er die Buchstaben. „Es sei denn ... genau, das ist es! Wenn man die Buchstaben umstellt, dann ergeben sie doch einen Sinn." Fieberhaft begannen die Jungen, die Nachricht zu entziffern.

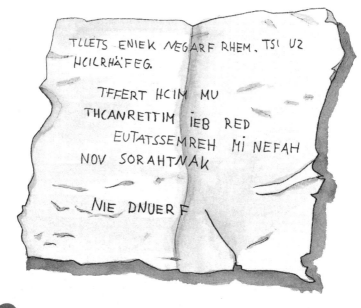

Wie lautet die Nachricht?

Piräus bei Nacht

„Ich möchte wetten, dass diese Nachricht von dem Sklavenjungen ist", sagte Philon aufgeregt.

„Ja", stimmte ihm Kephalos zu. „Meinst du, dass er doch etwas von den geraubten Kindern weiß und uns helfen will, sie zu befreien?"

„Gut möglich." Philon schlüpfte in seine Sandalen und schnürte sorgfältig die Bänder fest. „Um das herauszufinden, müssen wir zu dem Treffpunkt am Hafen."

„Moment mal", zögerte sein Vetter. „Was, wenn es eine Falle ist? Vielleicht handelt er im Auftrag seines Herrn?"

„Unsinn, du Angsthase!" Philon strich seinen Chiton glatt. „Dazu müssten sie uns doch nicht erst heimlich in den Hafen locken." Er hängte sich seinen Beutel um und schlich leise aus dem Zimmer. Kephalos folgte ihm mit gemischten Gefühlen. Kurz vor den Stufen, die ins Erdgeschoss führten, blieb Philon ruckartig stehen.

„Der Türwächter", zischte er. „Da kommen wir nie vorbei!" Tatsächlich konnte man unten die Umrisse eines kräftigen Mannes erkennen, der auf einer Bank neben der verriegelten Eingangstür hockte. Sie hörten, wie er gerade in eine rohe Zwiebel biss und laut schmatzend kaute.

„Komm!" Kephalos packte seinen Vetter am Arm und zog ihn zurück in den Gang. „Ich habe eine bessere Idee." Vorsichtig führte er ihn eine schmale Stiege hoch. Gleich darauf fanden sich die Jungen unter einem strahlenden Sternenhimmel auf dem Flachdach des Hauses wieder.

„Und wie", fragte Philon, „sollen wir von hier aus auf die Straße kommen?"

„Fliegen", grinste Kephalos, „wie Ikaros."

„Haha. Sehr witzig."

Kephalos lachte. „Ich mache doch nur Spaß. Hast du nicht das Spalier an der Hauswand gesehen? Daran können wir ganz einfach auf die Straße hinunterklettern." Er schwang sich über den Rand des Daches und suchte in den Querleisten nach Halt. Vorsichtig tastete er sich die Hauswand hinab, bis er schließlich mit einem Satz auf dem Boden landete. Gleich darauf stand auch Philon neben ihm.

Vor der Herberge kreuzten sich zwei Straßen. „Hier lang", meinte Philon. „Der Hafen kann nicht weit sein." Zielsicher marschierten sie los und konnten es kaum fassen, als sie wenig später vor dem Stadttor standen, durch das sie am Vormittag Piräus betreten hatten. „War wohl doch die falsche Richtung", murmelte Philon kleinlaut.

„Wir könnten jemanden fragen", schlug Kephalos vor, aber bis auf ein paar Hunde waren die Straßen wie leer gefegt. Selbst das Tor, das auf die Straße zwischen den Mauern führte, war unbewacht. Den Jungen blieb keine andere Wahl, als umzukehren.

„Den Göttern sei Dank!", rief Kephalos erleichtert, als kurz darauf eine Gestalt in der Dunkelheit auftauchte. „Es ist doch noch jemand unterwegs."

Zuversichtlich eilten sie der Gestalt entgegen, doch fast gleichzeitig hielten sie wieder an. Der Mann schwankte von einer Straßenseite zur anderen und sang laut vor sich hin.

„Vergiss es. Der ist total betrunken", flüsterte Philon enttäuscht.

„Hallo, Jungs", lallte der Fremde, der große Schwierigkeiten hatte, sein Gleichgewicht zu halten. Er stolperte vorwärts und versuchte, sich an Philon festzuhalten. Dabei kam er ihm so nahe, dass der Junge seinen ekelhaften Atem, der nach süßem Wein stank, riechen konnte. Philon reagierte blitzschnell. Er trat zur Seite, und der Betrunkene fiel fluchend zu Boden. Mühsam erhob er sich wieder, rülpste laut und torkelte, als hätte er die beiden Jungen schon wieder vergessen, grölend in die entgegengesetzte Richtung davon.

Die beiden Jungen zogen weiter durch die Straßen der Hafenstadt. Nach einer Weile stießen sie auf ein Haus, neben dessen Eingang eine einsame Fackel in einer Wandhalterung flackerte. Da hatte Kephalos eine Idee.

„Philon", rief er begeistert, „du hast doch deine Umhängetasche dabei."

„Ja, und?"

„Ist da immer noch deine Wachstafel drin?"

„Wieso?", fragte Philon erstaunt. Dann plötzlich verstand er. „Natürlich! Vaters Skizze! Wieso haben wir daran nicht schon früher gedacht?" Aufgeregt zog er die Wachstafel aus dem Beutel und hielt sie unter das Licht. Neugierig beugten sich die Jungen über Aristides' Plan von Piräus.

„Verflixt noch mal!", schimpfte Kephalos gleich darauf. „Dein Vater hat gleich drei Häfen eingezeichnet."

„Wie konnte ich das nur vergessen!", schimpfte Philon vor sich hin. „Natürlich gibt es drei Häfen. Außer dem Kantharos-Hafen, wo die Handelsschiffe vor Anker liegen, gibt es noch zwei Kriegshäfen, den Zea und den Munychia. Dort ankern die Trieren der attischen Flotte."

„Und welcher der drei Häfen auf dem Plan ist der Kantharos-Hafen?"

„Bei Hades! Das weiß ich auch nicht." Philon stampfte wütend mit dem Fuß auf. „Ich habe wirklich nicht die leiseste Ahnung, wo wir sind. Wir haben uns total verlaufen. Jetzt braucht uns nur noch der Einbeinige zu begegnen, und wir sind geliefert."

„Nun gib nicht gleich auf", ermutigte ihn Kephalos. „Das Stadttor liegt direkt hinter uns. Wenn wir geradeaus weitergehen, müssten wir zur Agora kommen. Da bin ich mir ganz sicher."

In diesem Augenblick löschte ein Windstoß das Licht der Fackel. Kephalos schauderte. Auch ihm war es plötzlich nicht mehr ganz geheuer, durch das nächtliche Piräus zu irren. Wenigstens trügte ihn sein Orientierungssinn nicht, und kurz darauf standen sie auf dem verlassenen Marktplatz.

„Ganz schön gespenstisch", murmelte er. „Wie ausgestorben." Er fröstelte in der kühlen Nachtluft

und sehnte sich seinen wärmenden Umhang herbei.
„Was ist das?" Erschrocken deutete er auf mehrere flackernde Lichter, die aus einer Ecke des Platzes auf sie zukamen.

„Das sind nur Fackelträger", vermutete Philon. „Sklaven, die einen Bürger von einem Symposion nach Hause begleiten. Komm, vielleicht kann er uns sagen, wo es zum Kantharos-Hafen geht."

Gleich darauf standen sie vor einem jungen Mann, der sie erstaunt betrachtete. „Was macht ihr denn um diese Zeit alleine in der Stadt?" Er schüttelte den Kopf. „Habt ihr eine Ahnung, wie gefährlich das ist? In einer Hafenstadt treibt sich nachts alles mögliche Gesindel herum."

„Wir sind Flüchtlinge aus Attika", log Philon. „Wir

sind in einer Herberge im Kantharos-Hafen untergebracht. Dummerweise haben wir uns verlaufen ... Können Sie uns sagen, wie wir dorthin kommen?"

„Ich bin auch fremd hier", erklärte der Mann, „aber ich weiß, wo ihr lang müsst." Er überlegte einen Augenblick. „Von der nordöstlichen Ecke der Agora geht ihr zunächst einen Block nach Norden und biegt dann nach rechts ab. Nach zwei Blöcken geht es in südlicher Richtung weiter, bis zur dritten Straße, in die ihr nach rechts einbiegt. Sie bringt euch direkt zum Hafen."

Er räusperte sich verlegen. „Oje, wartet, jetzt habe ich euch aus Versehen den Weg zum Zea-Hafen beschrieben." Nachdenklich kratzte er sich an der Schläfe. „Aber das ist eigentlich kein Problem. Wenn ihr erst mal im Zea-Hafen seid, müsst ihr nur nach rechts abzweigen und immer geradeaus weitergehen. Dann könnt ihr den Handelshafen nicht verfehlen." Er musterte die beiden Jungen. „Einer meiner Sklaven könnte euch begleiten", bot er dann an.

„Das ist sehr freundlich von Ihnen", bedankte sich Philon, „doch es ist wirklich nicht nötig."

„Wie ihr meint", erwiderte der Mann und wies einen Sklaven an, den Jungen eine Fackel zu geben. „Damit ihr wenigstens sehen könnt", lächelte er. „Die Götter seien mit euch!" Und er setzte seinen Weg fort.

Kephalos hatte inzwischen abermals die Zeichnung seines Onkels studiert. „Wir sind auf der Agora", murmelte er. „Einen Block nach Norden, dann nach rechts ..." Er folgte der Wegbeschreibung des Mannes mit seinem Finger. „Wenn die Skizze deines Vaters stimmt, dann weiß ich, welches der Hafen von Kantharos ist", stellte er triumphierend fest. „Allerdings hat uns der Mann einen ganz schönen Umweg beschrieben. Es gibt einen viel kürzeren Weg."

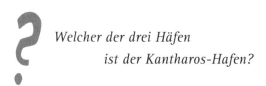

Welcher der drei Häfen ist der Kantharos-Hafen?

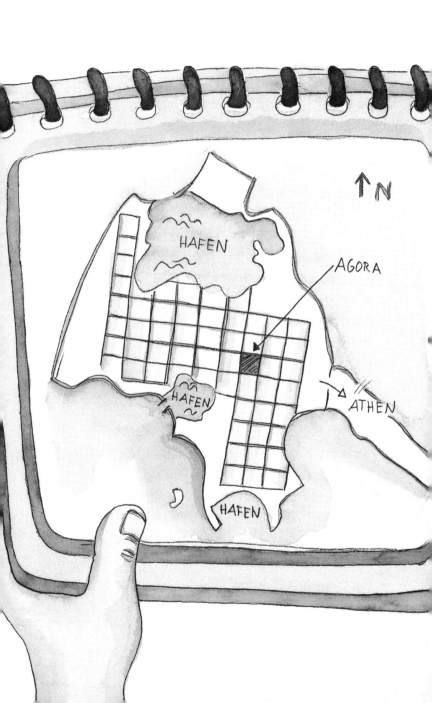

Zerberos, der Höllenhund

Der Hafen von Kantharos lag friedlich im Sternenlicht. Im tiefschwarzen Wasser schaukelten dickbäuchige Segelschiffe neben riesigen Handelsgaleeren und winzigen Fischerbooten. Eine sanfte Brise wehte. Nur das Knarzen der Masten und das leise Plätschern der Wellen war zu hören. Es roch nach Salz und Fisch. Die Statue war schon von Weitem zu sehen. Hermes, der Gott der Händler und Diebe mit den geflügelten Sandalen, blickte mit steinernen Augen schützend über Hafen und Mole.

„Der Junge ist nirgendwo zu sehen", stellte Kephalos besorgt fest. „Hoffentlich sind wir nicht zu spät."

In diesem Augenblick hörten sie direkt neben sich ein leises Pfeifen, und eine Gestalt löste sich aus dem Schatten der Statue. Die Jungen atmeten erleichtert auf. Es war der junge Sklave aus der Herberge zum blauen Delfin.

„Ich dachte schon, ihr würdet überhaupt nicht mehr auftauchen", begrüßte er sie vorwurfsvoll und blickte sich nervös um. „Seid ihr allein?"

Philon und Kephalos nickten stumm.

„Kommt, hinter der Statue ist es sicherer." Der Junge hockte sich im Schneidersitz auf den Boden unterhalb des Steinpodests und forderte die Jungen mit einer Handbewegung auf, sich zu ihm zu setzen. „Löscht eure Fackel aus", befahl er leise. „Sonst werden wir noch entdeckt. Man kann nie vorsichtig genug sein." Gehorsam löschte Kephalos die Fackel.

„Und?" Philon hielt es vor Spannung kaum aus. „Wieso wolltest du uns hier treffen?"

Der Sklave musterte die beiden Jungen kritisch. „Ihr müsst mir erst beim Zorn aller Götter des Olymps schwören, keiner Seele zu verraten, was ich euch erzählen werde."

„Gut, ich schwöre." Philon hob die rechte Hand. „Beim Zorn aller Götter." Erst als auch Kephalos geschworen hatte, gab sich der Junge zufrieden und begann mit seinem Bericht.

„Ihr hattet recht mit eurem Verdacht. Der Wirt der Herberge zum blauen Delfin, Kreon aus Kition, lockt Kinder an, mit ihm zu gehen. Doch es ist eine Falle ..."

„Genau das haben wir auch herausgefunden", fiel ihm Philon triumphierend ins Wort. „Der Händler Xanthias steckt mit ihm unter einer Decke. Statt Öl und Wein hält er geraubte Kinder in seiner Lagerhalle versteckt."

Der Sklave schüttelte seinen Kopf. „Xanthias ist völlig ahnungslos. Unter der Halle liegen unterirdische Räume, die nie benutzt werden. Ein ideales Versteck." Hastig fuhr er fort. „Außer Kreon sind nur noch der Kapitän und ein paar Matrosen der Sirene in die Angelegenheit eingeweiht. Die Sirene ist eines von Xanthias' Schiffen. Sobald das Schiff das nächste Mal in See sticht, planen die Männer, die Kinder außer Landes zu schmuggeln und in Lydien als Sklaven zu verkaufen."

„Wie kann ein Mensch so grausam sein?", rief Kephalos aufgebracht.

„Aus Gier und Rache", erklärte der Junge. „Athenische Soldaten haben vor vielen Jahren bei der Belagerung von Kition Kreons Frau und Kinder umgebracht. Das ist zwar schon ewig her, doch er hat immer darauf gewartet, es den Athenern eines Tages heimzuzahlen."

„Das N", rief Philon aufgeregt. „Jetzt wird mir alles klar. Das N, das Kreon stets am Tatort hinterlässt! Es steht für Nemesis, die Göttin der Rache."

„Bei Zeus", stieß Kephalos hervor. „Wir müssen die Kinder so schnell wie möglich befreien!" Voller Tatendrang sprang er auf.

„Wenn das so einfach wäre", seufzte der Sklave. „Man kann sich in den Kellergewölben viel zu leicht verlaufen. Ich war einmal dort unten. Alleine hätte ich nie wieder hinausgefunden."

„Kein Problem", meinte Philon fachmännisch. „Ich habe ein Stück Kohle dabei. Damit können wir unseren Weg markieren."

„Die verzweigten Gänge", meinte der Sklave und kratzte sich die struppigen Haare, „sind leider nicht das einzige Hindernis. Es gibt da auch noch einen bissigen Hund, der das Gefängnis der Kinder bewacht.

Er lässt niemanden vorbei, verfolgt jeden Schritt eines Eindringlings, und wenn er ihn erwischt, macht er Hackfleisch aus ihm."

Philon kramte in seiner Tasche und zog triumphierend ein Stück klebrigen Honigkuchen hervor. „Wieso geben wir unseren Verstorbenen ein Stück Kuchen mit auf ihre Reise in die Unterwelt?" Ohne eine Antwort abzuwarten, fuhr er in belehrendem Tonfall fort. „Sie beruhigen damit Zerberos, den dreiköpfigen Höllenhund, der die Unterwelt bewacht."

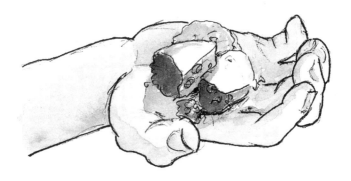

Der Sklave klatschte leise Beifall. „Hervorragend!" Dann stand er plötzlich auf. „So, und jetzt muss ich mich sputen. Mein Herr darf auf keinen Fall dahinterkommen, dass ich heute Nacht ausgeflogen bin." Er wollte schon losziehen, als Philon ihn im letzten Augenblick am Arm packte.

„Moment mal!", erinnerte er ihn. „Du hast uns noch nicht gesagt, wo Xanthias' Lagerhalle steht."

Der Junge deutete auf einen dunklen Bau direkt hinter ihnen. „Der Haupteingang ist bewacht, doch an der Rückseite des Gebäudes, hinter einem Strauch, liegt eine Geheimtür. Sie ist unbewacht. Den Eingang zum Keller findet ihr in der Halle links, neben den *Amphoren*. Seid vorsichtig. Die Götter mögen euch beistehen." Er hob seine Hand zum Gruß und verschwand lautlos um die Ecke.

„Meinst du, wir können ihm trauen?", flüsterte Kephalos misstrauisch, als sie den Platz überquerten und auf die Lagerhalle zugingen.

Philon zuckte mit den Achseln. „Ich glaube schon. Wir müssen es auf jeden Fall probieren."

Es dauerte nicht lange, und sie hatten den Hintereingang gefunden. Die Tür war nicht verriegelt, und die Jungen konnten problemlos eindringen.

„Die Halle ist beleuchtet." Wachsam ließ Kephalos seinen Blick über die unzähligen *Amphoren,* die an den Wänden lehnten, gleiten. Doch keine Menschenseele war zu sehen.

„Dort, der Eingang zum Kellergewölbe", raunte Philon. Er stellte sich auf die Zehenspitzen und hob eine Fackel aus ihrer Wandhalterung. Gleichzeitig schob Kephalos den Riegel fast geräuschlos auf die Seite und stieß vorsichtig die Tür auf.

„Leuchte mal hier rein", befahl er seinem Vetter.

Sie konnten steile Stufen erkennen, die in einen dunklen Gang mündeten. Es roch feucht und modrig. Mutig stiegen die Jungen in die Tiefe und gingen den Korridor entlang. Nach einer Weile erreichten sie eine Weggabelung.

„Und jetzt?" Philon war ratlos.

„Sei mal still", flüsterte sein Vetter. „Hörst du das auch?" In der Ferne hörte man das schwache Bellen eines Hundes.

„Der Wachhund", flüsterte Philon zurück.

„Genau", erwiderte Kephalos. „Wenn wir dem Bellen folgen, führt es uns zu den Kindern. Vergiss nicht, den Gang zu markieren, damit wir nachher wieder rausfinden!"

Er hatte recht, denn nur wenig später standen sie vor einem wilden Ungetüm, das sie knurrend begrüßte. Um das riesige Maul des Hundes hatte sich weißer Schaum gebildet. Sobald die Jungen versuchten, sich der Tür auch nur einen Schritt zu nähern, sprang er sie sofort mit gefletschten Zähnen an, und nur die Kette, mit der er an einer Säule angeleint war, hielt ihn davon ab, die beiden in Stücke zu reißen.

„An dem kommen wir nie vorbei", murmelte Kephalos niedergeschlagen. „Der dreiköpfige Zerberos, der das Reich des Hades bewacht, scheint dagegen ein Schoßhund zu sein."

„Warte es ab", meinte Philon und zog den Honigkuchen aus der Tasche. In hohem Bogen warf er ihn dem Hund vors Maul, der den Leckerbissen blitzschnell verschlang und dann gleich wieder seine scharfen Fangzähne zur Schau stellte.

„Hat wohl nicht geklappt", bemerkte Kephalos nüchtern. „Wir könnten es mit Singen versuchen."

„Singen?" Philon starrte ihn verständnislos an. „Spinnst du?"

„Nein", Kephalos schüttelte den Kopf. „So hat Orpheus den Höllenhund beschwichtigt." Entschlossen begann er zu singen, doch dem Tier schien dies gar nicht zu gefallen. Es zerrte noch wilder als zuvor an seiner Kette.

„Sei still!", unterbrach Philon Kephalos' Gesang. „Mir ist etwas eingefallen, was uns der Sklave über den Hund berichtet hat. Ich weiß einen Trick, wie wir Zerberos überlisten können."

Was hat Philon vor?

Rettung im letzten Augenblick

Obwohl Philon und Kephalos wussten, was sie hinter der verriegelten Tür zu erwarten hatten, konnten sie es kaum fassen, wie viele gefesselte und geknebelte Kinder sie anstaunten.

„Na, ihr Helden", grinste Kryseis, nachdem Kephalos sie befreit hatte. „Ihr habt aber lange auf euch warten lassen." Sie rieb sich ihre Handgelenke.

„Wir haben keine Zeit zu verlieren", drängte Philon, während er die Fesseln eines Jungen löste. „Wir müssen so schnell wie möglich hier raus."

Die befreiten Kinder stürzten auf die Tür zu.

„Sie klemmt", murmelte Jason, Philons Klassenkamerad.

„Lass mich mal." Kephalos drängte sich vor. Doch sosehr er auch rüttelte und zerrte, die Tür ging nicht auf. „Der Riegel auf der anderen Seite muss zugefallen sein", stellte er fassungslos fest.

„Hervorragend", bemerkte Kryseis spöttisch. „Jetzt sitzen unsere Retter mit uns im Schlamassel." Enttäuscht ließ sie sich wieder auf dem kalten Steinboden nieder.

Jason fluchte laut, während mehrere Kinder zu schluchzen begannen.

„Irgendwie werden wir schon rauskommen", meinte Kephalos tröstend, doch auch er hatte nicht die geringste Idee, wie sie das schaffen sollten.

Die nächsten Stunden schienen endlos. Selbst Philons spannende Geschichte, wie Eumäus von Piraten gekidnappt wurde, half nicht, die Zeit zu vertreiben. Doch auch diese lange Nacht verging, und endlich begann es zu tagen. Ein schmaler Lichtstrahl fiel durch einen Luftschacht an der Wand und zeichnete ein helles Rechteck auf den Boden. Da hatte Kryseis eine Idee.

„Wir könnten versuchen, durch dieses Loch aus dem Keller zu klettern", schlug sie vor.

„Das ist doch viel zu eng", meinte Philon. „Da passen wir nie durch."

„Nicht unbedingt", überlegte Kephalos, der die Öffnung fachmännisch begutachtete. „Ich könnte gerade durchpassen. Zu Hause helfe ich jedes Jahr bei der Olivenernte. Da muss ich immer auf die Bäume klettern. Einen Schacht hochzuklettern kann nicht so viel schwieriger sein."

„Du bist dünn genug", musterte ihn ein Junge. „Und wenn du noch dazu gut im Klettern bist ..."

„Super Idee!", fiel Jason ein. „Du gehst zu den Astynomoi, berichtest ihnen alles, und dann können sie uns befreien."

„Gut." Kephalos ließ sich schnell überreden. „Helft mir mal hoch!"

Philon und Jason stemmten ihn nach oben, sodass er seinen Oberkörper durch das Loch zwängen konnte. Langsam zog er seine Beine nach und begann, vorwärts zu robben. Der Schacht war wirklich sehr eng, und an einer Stelle ging es tatsächlich fast nicht mehr weiter. Er streckte seinen Körper und machte sich so dünn wie möglich, bis er sich doch Stück für

Stück langsam vorarbeiten konnte. Erleichtert stellte er fest, dass die Öffnung sich nach einer Weile weitete und zudem in regelmäßigen Abständen Steine angebracht waren, die sich gut als Trittstufen eigneten. Schließlich kroch er gleich neben der Geheimtür aus dem Schacht ins Freie und blinzelte im grellen Sonnenlicht.

Kurz vor Mittag war Kephalos immer noch auf der Polizeiwache und redete verzweifelt auf den Stadtwächter ein. Der Dienst habende Astynomos glaubte ihm kein Wort. Doch plötzlich betrat Onkel Aristides den Raum.

„Mein Sohn und mein Neffe sind spurlos verschwunden", verkündete er lautstark. „Ich will, dass Ihre Männer einen Suchtrupp zusammenstellen und die Stadt nach den Jungen durchkämmen."

„Onkel Aristides ...", begann Kephalos.

„Kephalos?" Aristides drehte sich verwundert um. Nachdem der Junge nochmals in allen Einzelheiten erklärt hatte, was geschehen war, setzte wie durch Zauberkraft emsiges Treiben ein. Der Chef der Astynomoi wurde informiert, und kurz darauf stürmte eine Gruppe von bewaffneten Männern in Xanthias' Lagerhalle. Kephalos, der sich das Schauspiel nicht entgehen lassen wollte, war ihnen heimlich gefolgt. Doch als er hinter den Männern das Gewölbe betrat, traute er seinen Augen nicht: Der Kellerraum war leer.

„Du hast uns doch angelogen", wandte sich der Polizeichef drohend an den Jungen.

Doch Kephalos protestierte energisch. „Ich schwöre bei Athene", beteuerte er, „dass ich die Wahrheit gesagt habe." Er überlegte einen Augenblick. „Die geraubten Kinder sollen auf der Sirene außer Landes geschmuggelt werden. Vielleicht ..."

„Die Sirene?", mischte sich einer der Astynomoi ein. „Ich habe heute Vormittag gesehen, wie die Sirene mit eigenartigen Säcken beladen wurde. Sie soll um die Mittagszeit auslaufen."

„Bei Zeus!", fluchte der Anführer. „Nichts wie zum Hafen!" Die Männer hetzten aus der Lagerhalle.

Sie rannten über den Platz, an der Hermesstatue vorbei und hinab zu den Schiffen. Kephalos blieb dicht hinter ihnen. Die Sirene, ein stolzes Schiff mit breitem Bauch, tanzte unschuldig im Wasser auf und ab. Doch an Deck konnte man Bewegung erkennen. Einige Matrosen waren eifrig damit beschäftigt, die schweren Segel zu hissen, andere zogen die Taue ein, die das Schiff an der Mole gehalten hatten. Kephalos kniff seine Augen zusammen, um besser sehen zu können. Im Heck des Schiffes, neben dem Ruder, stand der einbeinige Wirt Kreon, der mit triumphierendem Grinsen den Anker lichtete. Sie waren zu spät gekommen. Das Schiff legte ab. Kephalos fröstelte. Trotz seines Entsetzens stellte er fest, dass es für einen sonnigen Sommertag plötzlich ungewöhnlich kühl war. Auch das Licht wirkte mit einem Mal blass und farblos. Ob wohl ein Gewitter aufzog? Am westlichen Horizont sah es recht finster aus. Doch wo waren die Wolken?

Viele Menschen um Kephalos herum hielten inne und starrten zum Himmel hinauf.

„Die Sonne!", schrie ein Mann, der neben ihm stand. „Ein Ungeheuer verschlingt die Sonne!"

Eine ältere Frau heulte laut auf. Von der anderen Seite schrie jemand: „Das Ende der Welt ist gekommen. Athene stehe uns bei!"

Kephalos drehte sich um, und vor Staunen blieb ihm der Mund offen stehen. Eine schwarze Scheibe hatte sich vor die Sonne geschoben, von der nur noch eine schmale Sichel zu sehen war. Einen Augenblick später war es Nacht. Die Sterne begannen zu leuchten. Von der Sonne war nur noch ein glühender Reifen übrig geblieben. Was war geschehen?

Das konnte auf keinen Fall mit rechten Dingen zugehen.

Schließlich riss Kephalos seinen Blick vom Himmel los und schaute zurück zur Sirene. Auch an Bord des Schiffes geschahen Wunder! Der Einbeinige und seine Komplizen hatten ihre Arme flehend zum Himmel erhoben.

„Der Zorn der Götter kommt über uns", rief Kreon schluchzend. „Habt Gnade!"

Für die Astynomoi, die die Gelegenheit beim Schopf gepackt hatten, das Schiff zu entern, war es leicht, die verängstigten Verbrecher zu überwältigen. In dem Augenblick, als die ersten Kinder aus dem Bauch des Schiffes auftauchten und an Land gebracht wurden, brachen die Umstehenden auf dem Hafendamm in lauten Jubel aus. Doch nicht etwa, weil die Kinder der

Sklaverei entgangen waren, sondern weil der Himmel ihre Gebete erhört hatte: Die Sterne verblassten, und die Sonne kam wieder zum Vorschein.

Kephalos lief freudestrahlend auf seinen Vetter und die anderen Kinder zu.

„Die Götter", rief er aufgeregt, „haben den Tag zur Nacht gemacht, um euch zu retten!"

Aristides, der seinen Sohn erleichtert in die Arme schloss, schüttelte energisch den Kopf. „Die Götter", lachte er, „haben damit nichts zu tun. Du und die Astynomoi haben die Gefangenen befreit."

„Aber du hast doch gesehen", beharrte Kephalos, „dass die Sonne mitten am Tag verschwand! Das können doch nur die Götter getan haben. Oder glaubst du, es war Zauberei im Spiel?"

Aristides blickte sich vorsichtig um und sagte leise: „Es war der Mond. Er hat sich zwischen die Erde und die Sonne geschoben und so das Sonnenlicht blockiert. Das war zumindest die Theorie meines alten Lehrers Anaxagoras. Ich kann sie dir zu Hause genauer erklären. Aber behalte dieses Geheimnis lieber für dich. Anaxagoras wurde wegen dieser Vorstellungen ins Gefängnis geworfen und danach aus Athen verbannt."

Philon und Kephalos grinsten sich an.

„Unter diesen Umständen", meinte Kephalos, „sollten wir vielleicht doch besser dabei bleiben, dass die Götter eingegriffen haben ... Hauptsache, den Entführern wurde das Handwerk gelegt." Und sie fielen in den Jubel der Menge ein.

Lösungen

Ein nächtlicher Besuch
Nach Eukles' Aussage hat der Wurstverkäufer seinen Stand neben dem Blumenmädchen unter einer Platane aufgeschlagen.

Spurlos verschwunden

Widersprüchliche Aussagen
Leda lügt. Kryseis hat ihr nicht gesagt, dass sie von der Hexe weiß. Die Amme hat also keinen Grund, einen Besuch dort zu verleugnen, es sei denn, sie ist doch dort gewesen.

Im Haus der Hexe
Die Botschaft des Orakels lautet: „Helft uns!"

Bescheidene Einbrecher?
Die Fußspur, die zum Loch führt, gehört einem Mann mit Holzbein, das heißt, der Geldwechsler hat die Wahrheit gesagt. Außerdem ist neben dem Loch ein N, wie auf Jasons Wachstafel und auf Polyxenas Hauswand.

Der Bettler am Brunnen
Auf den Scherben steht: „Neue Lieferadresse: Xanthias' Lagerhalle in Piräus."

Die Herberge zum blauen Delfin
Die Nachricht lautet: „Stellt keine Fragen mehr. Ist zu gefährlich. Trefft mich um Mitternacht bei der Hermesstatue im Hafen von Kantharos. Ein Freund."

Piräus bei Nacht
Der Kantharos-Hafen liegt im Norden von Piräus.

Zerberos, der Höllenhund
Der Sklavenjunge hat erwähnt, dass der Hund jeden Schritt verfolgt. Wenn Philon in sicherer Entfernung vor dem Hund um die Säule herumläuft, wird die Kette immer kürzer, bis die Jungen schließlich ohne Gefahr an dem Tier vorbeikommen.

Glossar

Acharnä: ländliche Gemeinde in Attika, nördlich von Athen gelegen, die vor allem für Oliven- und Weinanbau bekannt war

Agora: offener Platz im Zentrum einer griechischen Stadt, der als Marktplatz und Versammlungsort des Volkes diente

Agoranomos: Marktaufseher, der auf der Agora für Ordnung sorgte

Akropolis: befestigte Oberstadt griechischer Städte, die sich gut gegen Feinde verteidigen ließ. Die Athener Akropolis verwandelte sich im 5. Jahrhundert v. Chr. zum religiösen Zentrum der Stadt.

Amme: Frau, die ein fremdes Kind stillt und sich oft noch später als Kinderfrau um den Schützling kümmert

Amphore: großes, bauchiges Gefäß mit zwei Henkeln, in dem Öl oder Wein aufbewahrt wurde

Anaxagoras: griechischer Naturphilosoph (ca. 499–427 v. Chr.), der sich mit den Gestirnen befasste. Er behauptete, die Sonne sei kein Gott und der Mond würde kein eigenes Licht produzieren. Zudem erklärte er die Sonnenfinsternis erstmals wissenschaftlich. Wegen dieser Äußerungen wurde er 450 v. Chr. verurteilt und aus Athen verbannt.

Artemis: Göttin der Jagd und der Fruchtbarkeit sowie Beschützerin junger Mädchen und schwangerer Frauen

Astynomoi: Stadtwächter, die in Athen und Piräus für Ordnung sorgten und sich zudem um die Müllabfuhr und das Wegschaffen von Leichen kümmerten

Athene: Schutzgöttin der Stadt Athen. Ihr heiliges Tier ist die Eule.

Attika: ländliches Gebiet mit kleineren Städten und Gemeinden, das zusammen mit der Hauptstadt den Stadtstaat Athen bildete

Brauron: Heiligtum der Artemis in der Nähe Athens, in dem junge Mädchen als Priesterinnen dienten

Chiton: knie- oder bodenlanges Kleidungsstück aus einem Stück Stoff, das an den Schultern mit einer Fibel, einer Schmuckspange, zusammengehalten wurde

Chlamys: kurzer Umhang, der von jungen Männern und Soldaten getragen wurde

Drachme: griechische Silbermünze. Eine Drachme enthält sechs Obolusse.

Gymnasion: Anlagen, in denen junge Männer Sport trieben und gleichzeitig die Gelegenheit hatten, sich geistig weiterzubilden

Gynaikeion: Frauengemächer eines Hauses

Hades: Gott der Unterwelt, der das Königreich des Hades regiert

Hermes: Gott der Diebe und Händler

Himation: rechteckiges Kleidungsstück, das um den Körper geschlungen wurde. Es diente als Umhang über einem Chiton, konnte von Männern aber auch alleine getragen werden.

Hippodamos: griechischer Architekt und Städteplaner (geb. um 500 v. Chr.), der bei seinen Entwürfen erstmals das Schachbrettmuster einsetzte. Der von den Persern zerstörte Hafen von Piräus wurde nach seinen Plänen neu aufgebaut.
Hoplit: mit Schwert und Speer bewaffneter Fußsoldat der griechischen Armee
Ikaros: griechischer Sagenheld, der sich mit seinem Vater Dädalus Flügel aus Federn und Wachs baute, um dem kretischen König Minos zu entkommen
Kantharos: Handelshafen von Piräus
Kerameikos: Athener Stadtviertel, in dem hauptsächlich Töpfer wohnten
Kition: Stadt an der Südküste Zyperns
Koile: Athener Stadtviertel
Lykabettos-Berg: kegelförmiger Berg nordöstlich Athens, der die Stadt mit Wasser versorgte
Mauerdurchbrecher: griechische Bezeichnung für Einbrecher
Medusa: Schreckgestalt aus der griechischen Sagenwelt, bei deren Anblick Menschen versteinerten
Melite: Athener Stadtviertel
Munychia: Kriegshafen in Piräus
Nemesis: Göttin der Rache
Obolus: kleinste griechische Silbermünze. Sechs Obolusse ergeben eine Drachme.
Odyssee: Epos des griechischen Dichters Homer, das die Irrfahrten des Odysseus beschreibt

Olymp: Götterhimmel der Griechen
Orpheus: griechischer Sagenheld, Galt als guter Sänger
Paidagogos: persönlicher Sklave gines Jungen, der ihn überallhin begleitete und ihm Anstandsunterricht erteilte
Panflöte: Blasinstrument, das aus mehreren Röhren zusammengesetzt ist
Peloponnes: die südliche Halbinsel Griechenlands
Perikles: griechischer Staatsmann (um 490–429 v. Chr.), der 15 Jahre lang das Amt des Strategen innehatte. Seine Regierungszeit gilt als das goldene Zeitalter Athens, in der Wissenschaft, Kunst und Demokratie blühten.
Phönizien: Land im Gebiet des heutigen Libanon
Piräus: Hafenstadt Athens, die durch eine mit Mauern befestigte Straße mit der Hauptstadt verbunden war
Platäa: Stadtstaat in Böotien
Polis: griechische Bezeichnung für Stadtstaat
Silbereule: umgangsprachlich für Geld, da auf athenischen Münzen eine Eule geprägt war
Sirene: griechische Sagengestalt, die durch ihren Gesang Seefahrer betörte und deren Schiffe an den Klippen zerschellen ließ
Sokrates: griechischer Philosoph (etwa 470–399 v. Chr.), der sich erstmals nicht nur mit Naturphänomenen, sondern auch mit dem Wesen des Menschen beschäftigte. Er wurde wegen seiner Ideen 399 v. Chr. zum Tod verurteilt.

Sparta: Stadtstaat auf dem Peloponnes, der mit Athen um die Vormacht im Mittelmeerraum rivalisierte. Im Gegensatz zu Athen war das Hauptziel des Staates in Sparta, die Bürger nicht geistig, sondern militärisch auszubilden.
Stadion (pl. Stadien): griechisches Weg- und Längenmaß. Ein athenisches Stadion misst etwa 177,5 Meter.
Stoa Basileus: Amtsgebäude in der nordöstlichen Ecke der Athener Agora
Stratege: oberster Heerführer Athens, der jährlich vom Volk gewählt wurde. Wer dieses höchste Staatsamt innehatte, übernahm oft auch die politische Führung, z. B. Perikles.
Symposion: geselliges Gastmahl griechischer Männer, bei dem getrunken, gegessen und philosophiert wurde
Theben: griechische Stadt, die mit Sparta verbündet war
Tholos: Rundbau auf der Athener Agora, in dem sich die Ratsherren täglich versammelten
Triere: Kriegsschiff mit drei Ruderreihen auf jeder Seite
Wachstafel: Holztafel, die mit einer dünnen Wachsschicht überzogen war. Mit einem Griffel kratzte man die Buchstaben ins Wachs.
Weinkrater: große, bauchige Vase, in der Wein und Wasser vor dem Servieren vermischt wurden
Zea: Kriegshafen in Piräus
Zerberos: dreiköpfiger Höllenhund, der den Eingang zur Unterwelt bewachte
Zeus: griechischer Göttervater

Zeittafel

490 v. Chr.: Sieg der Athener über die Perser in der Schlacht von Marathon
480 v. Chr.: Die Perser erobern Athen, plündern die Stadt und zerstören die Akropolis. Die griechische Flotte besiegt die Perser bei Salamis.
478/477 v. Chr.: Gründung des Attischen Seebunds gegen die Perser unter der Führung Athens
449 v. Chr.: Ende des Krieges zwischen Athen und Persien durch Vermittlung des Atheners Kallias (Kallias-Friede)
443 v. Chr.: Perikles wird erstmals zum Strategen gewählt. „Goldenes Zeitalter" des Perikles: Blütezeit der klassischen Kunst. Athen ist politischer und kultureller Mittelpunkt der Welt.

431 v. Chr.:	Beginn des Peloponnesischen Krieges wegen Spannungen zwischen Athen und Sparta
	Die attische Landbevölkerung verbarrikadiert sich im Sommer in Athen. Die Spartaner verwüsten Attika, Perikles greift peloponnesische Küstenstädte an. Am 3. August findet über Griechenland eine Sonnenfinsternis statt.
429 v. Chr.:	In Athen bricht die Pest aus. Ein Drittel der athenischen Bevölkerung stirbt, auch Perikles.
404 v. Chr.:	Athen unterwirft sich Sparta. Ende des Peloponnesischen Krieges
404/403 v. Chr.:	Schreckensherrschaft der dreißig Tyrannen in Athen
403 v. Chr.:	Wiedereinführung der Demokratie
399 v. Chr.:	Verurteilung und Hinrichtung des Philosophen Sokrates

Der Peloponnesische Krieg

In der zweiten Hälfte des 5. Jahrhunderts v. Chr. galt Athen als der geistige und kulturelle Mittelpunkt der antiken Welt. Es gab keine andere Stadt, die sich mit Athen messen konnte. Griechenland war zu jener Zeit keine einheitliche Nation, sondern bestand aus unzähligen kleinen Stadtstaaten, die sich entweder mit Athen zum Attischen Seebund oder mit Sparta zum Peloponnesischen Bund zusammengeschlossen hatten. Als Athen seine Machtstellung im Mittelmeerraum immer weiter ausbaute, fürchteten Sparta und seine Bündnispartner eine athenische Übermacht. Die Rivalität zwischen den beiden Bündnissen stieg ständig, und nachdem sich Athen wieder einmal in fremde Angelegenheiten eingemischt hatte, brach im Frühjahr 431 v. Chr. der Peloponnesische Krieg aus.

Perikles, der oberste Befehlshaber Athens, war sich bewusst, dass die attischen Soldaten der spartanischen Armee weit unterlegen waren, Athen dagegen über die stärkste Flotte des Mittelmeeres verfügte. Seine Strategie war es daher, Landschlachten zu meiden und stattdessen peloponnesische Küstenstädte vom Meer aus anzugreifen. Die Landbevölkerung Attikas musste sich in der Hauptstadt in Sicherheit bringen.

Anfangs funktionierte Perikles' Plan, und es gelang Athen, die spartanischen Städte durch Seeangriffe zu schwächen. Doch dann brach 429 v. Chr. in der von den Spartanern belagerten Stadt die Pest aus, an der ein Drittel der Bevölkerung, darunter auch Perikles, starb.

In den folgenden Jahren wechselten sich Kampfperioden mit kurzen Waffenstillständen und Friedensverträgen ab, doch keine Seite konnte den entscheidenden Sieg erringen. Erst im Jahr 404 v. Chr., nachdem die attische Flotte eine große Niederlage erlitten hatte und alle Handelswege abgeschnitten waren, blieb Athen nichts anderes übrig, als zu kapitulieren. Das Umland der Hauptstadt war verwüstet und ein großer Teil der Bevölkerung umgekommen. Die Blütezeit Athens war zu Ende.

Die Spartaner verzichteten darauf, die Stadt zu zerstören, ließen jedoch zu, dass zurückkehrende Adlige ein Schreckensregime errichteten, die sogenannte „Herrschaft der Dreißig", das sich aber nicht lange halten konnte.

Athen zur Zeit des Perikles

Erziehung in Athen

Die ersten Lebensjahre verbrachten griechische Kinder zusammen mit ihrer Mutter oder Amme im Gynaikeion. Im Alter von sechs oder sieben Jahren begann dann für Jungen der Ernst des Lebens. Zwar gab es keine Schulpflicht, doch die meisten Bürgersöhne besuchten entweder eine der zahlreichen kleinen Privatschulen oder wurden von einem Hauslehrer unterrichtet. Etwa zum gleichen Zeitpunkt stellten wohlhabende Bürger einen Paidagogos an, einen Sklaven, der ihren Sohn überallhin begleitete, darauf achtete, dass er am Unterricht teilnahm, und ihm gutes Benehmen beibrachte.

In der Schule lernten die Jungen zunächst Lesen und Schreiben. Sobald sie dies beherrschten, mussten sie längere Texte auswendig lernen. Außerdem stand natürlich Rechnen auf dem Stundenplan, und jeder Schüler sollte ein Musikinstrument erlernen. Da körperliches Training in Griechenland den gleichen Stellenwert hatte wie geistige Bildung, trieben ältere Jungen auch regelmäßig Sport und Gymnastik.

Für viele Jungen war mit 14 Jahren die Schulzeit beendet. Nur reiche Bürger konnten es sich leisten, ihre Söhne weitere vier Jahre lang zur Schule zu schicken, bis sie alt genug waren, dem Militär beizutreten.

Sklavenkinder gingen nicht zur Schule. Gelegentlich wurden sie jedoch von ihrer Herrschaft oder gebildeten Sklaven unterrichtet, die lesen und schreiben gelernt hatten, bevor man sie in die Sklaverei verkaufte.

Die geistige Bildung von Mädchen, egal ob arm oder reich, Bürgertochter oder Sklavin, wurde völlig vernachlässigt. Für Frauen galt es nicht als erstrebenswert, schreiben zu lernen. Viele konnten nicht einmal ihren eigenen Namen buchstabieren. Stattdessen verbrachten Mädchen den ganzen Tag in den Frauengemächern, wo sie lernten, einen Haushalt zu führen, Garn zu spinnen und Stoff zu weben. Am Leben außerhalb des Gynaikeions nahmen sie, bis auf bestimmte religiöse Feste und Riten sowie gelegentliche Besuche bei Verwandten, nicht teil. Nur Sklavinnen und ärmere Mädchen hatten mehr Freiheit. Sie mussten außer Haus gehen, um Wasser zu holen, Wäsche zu waschen, einzukaufen oder Waren auf dem Markt anzubieten.

Die Agora

Wirtschaftlicher und politischer Mittelpunkt jeder griechischen Stadt war die Agora. Hier schlugen Händler und Geldwechsler ihre Stände auf, Bürger tauschten neueste Nachrichten aus, und politische Entscheidungen wurden getroffen.

Die Athener Agora war von überall in der Stadt günstig zu erreichen. Der ungepflasterte, lang gestreckte Marktplatz war an drei Seiten von Verwaltungsgebäuden, Säulenhallen und Tempeln umgeben. Hier standen der Gerichtshof, in dem Sokrates 399 v. Chr. zum Tode verurteilt wurde, der Tholos, in dem sich täglich die Ratsherren versammelten, und die staatliche Münzprägerei. In der Südstoa, einer offenen Säulenhalle, boten zahlreiche Händler ihre Waren an. Gleich daneben lag das prächtige Brunnenhaus, wo Sklavinnen und ärmere Frauen Wasser holten oder Wäsche wuschen.

Damit in all dieser Betriebsamkeit nicht das Chaos ausbrach, gab es städtische Angestellte, die Agoranomoi, die für Ordnung sorgten. Sie kontrollierten die Preise, verteilten die Marktplätze für die Stände und achteten darauf, dass die Händler ihre Kunden nicht betrogen.

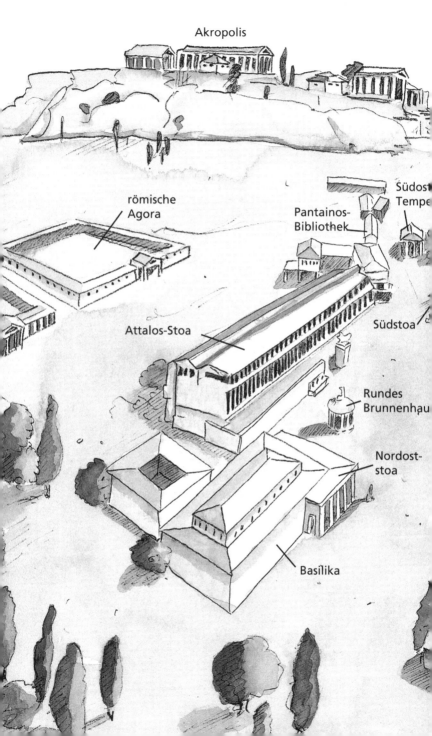

Die Athener Agora

Im Lauf der Jahrhunderte wurde die Agora um zahlreiche Gebäude erweitert. Die römische Agora und das Odeion des Agrippa z. B. wurden erst unter den Römern erbaut. Die Illustration zeigt die Agora im 1. Jh. n. Chr.

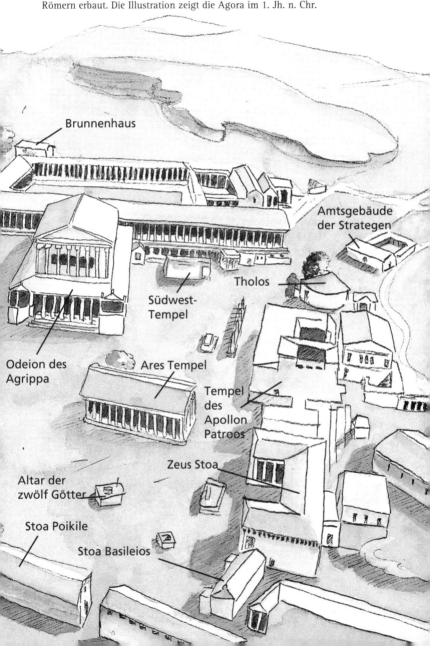

Fabian Lenk

Verschwörung gegen Hannibal

Illustrationen von Daniel Sohr

Inhalt

Der Hinterhalt 245
Das geheimnisvolle Schiff 256
Ein Satz zu viel 269
In der Straße der Segelmacher 280
Ein mysteriöser Plan 292
Der unheimliche Gast 303
In der Wolfsschlucht 314
Bo greift ein 328
Ein letzter Trick 338

Lösungen *347*
Glossar *349*
Zeittafel *350*
Die Punischen Kriege . . . .
Rom und Karthago zur Zeit der
Punischen Kriege *356*

Der Hinterhalt

Durch die Gassen von Cartagena, der karthagischen Hauptstadt in Spanien, schoben sich an einem späten Aprilabend die Massen. Die Herbergen und Schenken platzten aus allen Nähten, seit der berühmte Feldherr Hannibal ein gewaltiges Heer vor den Toren der Hafenstadt zusammenzog. Rund 50 000 Fußkämpfer, 9 000 Reiter und 37 Elefanten hatte er bereits in einem mit einer Holzpalisade befestigten Zeltlager versammelt. Gerüchte verbreiteten sich wie ein Lauffeuer: Was hatte Hannibal, der schärfste Widersacher Roms, vor? Jeder wollte etwas gehört oder gesehen haben.

Nirgendwo konnte man sich besser informieren als in der *Amphore*, die unweit des Asklepios-Tempels am Hafen lag. In dieser Schenke trafen sich die Schmuggler, Spieler, Glücksritter, Gaukler, Schlangenmenschen, Wahrsager – aber auch ehrbare Seeleute, Soldaten, Handwerker und Händler. Speisen dampften auf den Tischen, der Wein wurde in großen Krügen ausgeschenkt. Es roch nach scharfen Gewürzen, süßem Honig und Meer. Durch die offenen Fenster wehte milder Tanggeruch herein.

Tazirat lehnte an einem der Fenster und betrachtete gedankenverloren die Fackeln an der Hafenmauer. Es war kurz vor zehn Uhr. Tazirat ruhte sich einen Moment aus. Seit dem Nachmittag schuftete die Zwölfjährige in der Schenke. Ihre Mutter half in der Küche der *Amphore* mit, ihr Vater arbeitete als Tagelöhner im Hafen. Beide bekamen nur wenig Lohn, sodass Tazirat schon früh gezwungen war, auch selbst Geld zu verdienen. Den Lohn erhielt Tazirat von Aspasia, der Wirtin, die auch an diesem Tag hinter dem Schanktisch thronte. Aspasia war eine geheimnisumwitterte Frau. Niemand wusste, woher sie eigentlich kam. Die Wirtin war klug, stets bestens informiert, sehr schön, aber auch ebenso unnahbar. Und sie liebte eleganten Schmuck. Heute trug sie eine Goldkette mit einem Amulett, das eine Mondsichel zeigte. Aspasias Lippen umspielte meist ein rätselhaftes Lächeln, aus dem man nie schlau wurde. In ihrem Reich entging ihr nichts.

„Tazirat, träumst du?" Aspasias scharfe Stimme übertönte mit Leichtigkeit das Stimmengewirr im Schankraum.

„Nein, entschuldige bitte!", rief Tazirat eilig.

Aspasia deutete mit dem Kopf zu einem Tisch in der Ecke, wo ein schmächtiger Rekrut winkte. Qadhir saß dort mit zwei weiteren Soldaten, die wie er zu Hannibals Truppen gehörten und nicht mehr besonders nüchtern waren. Die drei trugen ihre Uniformen, kurze rote *Kituns*, lederne Brustpanzer mit Metallbesatz, bronzene Schienbeinschützer und Sandalen mit dicken Sohlen. Tazirat lief zu den Männern.

„Wo bleibt mein Wein?", fragte Qadhir.

„Kommt sofort", antwortete Tazirat und flitzte zum Schanktisch, hinter dem die Küche lag. Am Fass füllte ihr Freund Zirdan die Krüge.

„Dein großer Bruder hat schon wieder Durst", sagte Tazirat mit einem Grinsen.

„Na ja, groß ist wohl übertrieben", erwiderte Zirdan. „Aber zieh ihn bloß nicht mit seiner Körpergröße auf. Er ist doch so froh, zu Hannibals Armee zu gehören, obwohl er so klein ist."

Tazirat nickte. „Keine Bange. Und danke noch mal, dass du mir unter die Arme greifst. Alleine hätte ich das heute bei dem Andrang nicht geschafft."

„Klar doch", meinte Zirdan und reichte ihr den vollen Krug. Der Elfjährige half nur selten in der *Amphore* aus. Zirdan hatte sonst eine Arbeit, auf die er sehr stolz war und um die ihn Tazirat beneidete: Er betreute als Stallbursche die afrikanischen Kampfelefanten in Hannibals Lager. Bevor Zirdan zur Schenke geeilt war, hatte er die Ställe ausgemistet und den Tieren Futter gegeben.

Zirdan begleitete Tazirat zum Tisch der Soldaten.

„Na endlich", strahlte Qadhir und nahm den Krug in Empfang. Er rückte auf der Bank ein wenig zur Seite. „Setzt euch doch zu uns."

Tazirat warf einen raschen Blick zu Aspasia. Die Wirtin schien im Moment keine weiteren Aufträge für sie zu haben. Tazirat quetschte sich an Zirdans Seite, der bereits auf der Bank saß.

Qadhir haute Zirdan auf die Schulter. „Und wie geht es unseren Elefanten? Sind sie stark und wild genug, um Roms Armee zu überrennen?"

Zirdan runzelte die Stirn. Der Gedanke an ein blutiges Gemetzel, in das die Elefanten verwickelt waren, flößte ihm Angst ein.

„Nun ja, sie sind jedenfalls gut genährt und gesund", wich Zirdan aus.

„Die Römer werden bereits schlottern, wenn sie diese Riesenviecher nur aus der Ferne sehen!", brüllte einer der anderen beiden Soldaten, ein schlaksiger, großer Kerl. Er trank seinen Becher in einem Zug leer.

Der Dritte im Bunde, ein Mann mit der Figur eines

Fasses, nickte. „So wird es sein. Und anschließend werden wir die Römer dort schlagen, wo es sie am meisten schmerzt: in ihrer aufgeblasenen Hauptstadt Rom!"

Qadhir tippte sich an die Stirn. „Niemals, das ist doch unmöglich! Wie sollen wir jemals über die Pyrenäen kommen?"

„Und dann über die Alpen?", fügte der Schlaksige hinzu.

„Aber genau das werden wir tun!", meinte der Dicke. „Das habe ich von einem Mann am Kai gehört. Einem echten Veteranen, wisst ihr? Der ist schon viel rumgekommen. Und der hat einen Bekannten, der ein guter Freund von Hannibal ist."

„So, so", entgegnete Qadhir spöttisch.

Der Dicke kniff die Augen zusammen. „Du scheinst mir nicht recht zu glauben, Qadhir. Aber du wirst sehen: Hannibal wird es schon schaffen. Er schafft alles, was er sich vornimmt." Er blickte in die Runde und fügte angriffslustig hinzu: „Oder will hier jemand das Gegenteil behaupten?"

Niemand rührte sich.

„Und die Elefanten sind unser Trumpf in der Schlacht", führte der Dicke aus. „Sie haben die Römer schon immer das Fürchten gelehrt. Zum Beispiel, als sie die Infanterie des Konsuls Regulus zerstampften!"

Wieder erschauderte Zirdan. Er kannte die Tiere bestens. Sie waren gutmütig und hochintelligent. Aber wehe, wenn man sie reizte ...

Hoffentlich würden die Römer vor den Elefanten wirklich Reißaus nehmen, bevor es zum Blutvergießen kam.

„Tazirat!" Wieder erklang die Stimme der Wirtin, die keinen Widerspruch duldete.

Das Mädchen sprang auf und lief zum Tresen. Dort wartete eine Holzplatte mit Brotfladen und scharf gewürzten Fleischbällchen. Aspasia zeigte auf einen Tisch, und Tazirat beeilte sich, das deftige Gericht zu servieren.

Gegen elf Uhr erhoben sich Qadhir und seine beiden Begleiter lärmend und etwas schwerfällig. Sie beglichen die Rechnung, verabschiedeten sich von Zirdan und Tazirat und verließen das Gasthaus mit seinen feinen Gerichten und den noch exquisiteren Gerüchten. Zirdan und Tazirat liefen zur Tür und sahen den Soldaten kichernd nach, wie sie die finstere Gasse entlangtorkelten und dabei ein Schlachtlied grölten. Gerade in dem Moment, als die Kinder wieder in die Schenke zurückkehren wollten, hörten sie einen lauten Schrei.

„Was war das?", fragte Tazirat erschrocken.

„Keine Ahnung." Zirdan deutete in die Gasse. „Es kam von da drüben!"

Plötzlich gab es noch mehr Geschrei. Außerdem war deutlich das Klirren von Schwertern zu hören. Schemenhaft erkannten die Kinder eine Gruppe von Männern, die aufeinander einschlugen.

„Da wird gekämpft! Ein Überfall!", rief Tazirat entsetzt. „Wir müssen helfen, los!"

Zirdan hielt sie zurück. „Sei nicht töricht! Was können wir da schon ausrichten? Warte hier!" Er lief in das Gasthaus und kam kurz darauf mit einer Gruppe kräftiger Männer zurück, die Waffen und Fackeln trugen. Zusammen stürmten sie die Gasse hinunter. Nach fünfzig Metern stießen sie auf Qadhir und die beiden anderen Soldaten. Sie lagen benommen am Boden.

Zirdan kniete sich neben seinen Bruder. „Bist du verletzt? So sag doch was!"

„Schon gut", kam es unwirsch zurück. „Mir brummt nur der Schädel. Man hat mich niedergeschlagen und ausgeraubt."

„Mich auch", hörte man den Dicken stöhnen.

„Und mich erst", jammerte der Schlaksige und stand langsam auf. „Das war ein gemeiner Hinterhalt!"

Tazirat schaute sich um. „Die Täter sind natürlich

schon über alle Berge." Plötzlich musste sie grinsen. „Wie seht ihr eigentlich aus?"

Die Soldaten blickten beschämt an sich herab. Die Täter hatten ihnen die Kleidung gestohlen. Nur die Unterwäsche hatte man Hannibals Kriegern gelassen.

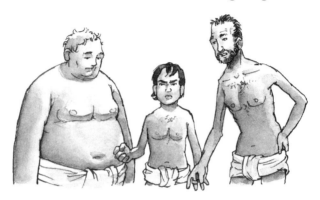

Die anderen Männer aus der Schenke begannen zu lachen.

„Die schönen Uniformen und Schwerter. So ein Gesindel!", fluchte Qadhir. „Hoffentlich bekommt das Hiran nicht mit. Der macht uns sonst zur Schnecke!" Hiran, ein Offizier, war der Vorgesetzte und Ausbilder der drei Rekruten.

„Ja, hoffentlich", pflichtete ihm der Dicke bei. Er deutete auf einen Beutel. „Aber wenigstens habe ich mein Geld noch."

„Und mein goldener Ring ist auch noch da", sagte der Schlaksige freudestrahlend.

„Na gut", meinte einer der Helfer. „Dann kann ich ja zurück zu meinem Wein. Die Wache werdet ihr ja wohl allein benachrichtigen können." Die anderen Männer folgten ihm. Tazirat und Zirdan blieben bei den Rekruten.

„Ich werde Decken besorgen, die ihr euch umlegen könnt", schlug Zirdan vor. „Vielleicht kann Aspasia euch welche leihen. Was meinst du, Tazirat?"

Seine Freundin antwortete nicht. Sie war in Gedanken versunken.

„He, träumst du schon wieder?", fragte Zirdan nach.

„Nein", gab sie geistesabwesend zurück. „Mir ist nur etwas aufgefallen." Sie sah Zirdan an. „Hier stimmt was nicht."

„Was meinst du damit? Qadhir und seine Freunde sind überfallen worden, und das ist eine große Schweinerei. Aber was soll daran nicht stimmen? Es war ein Überfall, sonst nichts."

Tazirat schüttelte den Kopf. „Das glaube ich eben nicht. Es war kein normaler Überfall."

Woraus schließt Tazirat, dass es sich um keinen normalen Überfall handelt?

# Das geheimnisvolle schiff

„Komische Diebe", meinte Zirdan. „Wer stiehlt schon Uniformen?"

Tazirat klatschte in die Hände. „Genau das sollten wir herausfinden!" Sie wandte sich an Qadhir. „Hast du erkennen können, wer euch angegriffen hat?"

„Leider nicht. Es ging alles so schnell", erwiderte der kleine Soldat bedrückt. „Außerdem waren die Angreifer vermummt. Ich habe versucht, einem der Mistkerle das Tuch vom Gesicht zu reißen. Dabei habe ich ihm, glaube ich, einen ganz schönen Kratzer an der Wange verpasst."

„Und sonst? Ist dir noch etwas aufgefallen?", fragte Zirdan.

„Nein", entgegnete sein Bruder. Fast im selben Atemzug korrigierte er sich aber. „Halt! Doch, da war noch etwas: Einer der Räuber stieß einen Fluch aus. Das klang sehr numidisch. Außerdem rannten die Kerle Richtung Hafen."

„Das ist wenigstens etwas!", meinte Tazirat. „Jetzt wissen wir immerhin, wo die Täter vermutlich untergetaucht sind und aus welchem Land sie kommen!"

Zirdan winkte ab. „Freu dich nicht zu früh. In der Stadt wimmelt es doch von Numidern. Sie verdingen sich als Söldner in Hannibals Heer."

„Ja", stimmte Qadhir ihm zu. „Die Numider sind unsere besten Reiter."

Tazirat ließ sich nicht bremsen. „Egal! Wir müssen diese Spur verfolgen!"

Zirdan tippte sich an die Stirn. „Aber doch jetzt nicht mehr! Mitten in der Nacht zum Hafen – das ist mir zu gefährlich!"

„Du hast recht", meinte Qadhir. „Geht heim. Morgen ist auch noch ein Tag."

„Gut", lenkte Tazirat ein. „Aber gleich morgen Früh machen wir uns auf die Suche."

„Geht nicht. Ich kann erst gegen Mittag von den Elefanten weg", meinte Zirdan.

„Na schön. Also, bis dann! Wir treffen uns vor der *Amphore*."

Ein Pfeifen weckte Zirdan am nächsten Morgen. Er räkelte sich auf seinem kargen Lager. Im Eingang zum Schlafraum, den sich der Junge mit seinen drei älteren Geschwistern teilte, erschien eine lange Gestalt – Zirdans Vater Hiyarbal. Er war ein *Mahout*, ein Elefantentreiber.

„Aufstehen!", rief er fröhlich. Hiyarbal hatte eigentlich immer gute Laune. Er meinte, das käme von der Arbeit mit den Elefanten. Die Dickhäuter seien viel klüger und besser gelaunt als die meisten Menschen. Und das habe auf ihn abgefärbt.

„Zirdan, bist du wieder der Letzte?", rief Hiyarbal. „Beeil dich, deine großen Freunde haben Hunger und Durst!"

Zirdan wusch sich am Brunnen, schlüpfte in seinen kurzärmeligen Kitun und machte sich mit seinem Vater auf den Weg zum Lager. Bevor sie selbst frühstückten, versorgten sie immer zuerst die Tiere.

Nur wer die Parole des Tages kannte, durfte in Hannibals streng bewachtes Lager. Hiyarbal hatte die Parole wie immer am Vorabend erfahren. Heute lautete sie „Stern". Problemlos passierten Vater und Sohn die Tore.

Im Stall empfing Zirdan der vertraute Geruch der Dickhäuter. Bei Hannibals Elefanten handelte es sich um afrikanische Waldelefanten, die etwa zweieinhalb Meter groß wurden. Zirdans Lieblingstier war Bo. Sobald der Elefantenbulle den Jungen erblickte, kam er auf ihn zu und schlug mit den Ohren – wie immer, wenn er sich freute.

„Guten Morgen!", rief Zirdan. Dann zeigte er auf seinen Nacken und gab Bo das Kommando: „Hoch!"

Bo hob Zirdan mit seinem Rüssel in die Höhe, als wäre der Junge eine Feder. Behutsam setzte der Elefant Zirdan in seinen Nacken. Der Junge war stolz, dass das mächtige Tier auf seinen Befehl hörte. Bo gehorchte nur Hiyarbal und Zirdan. Der Junge kraulte Bo hinter den großen Ohren. Dort hatte es der Elefant am liebsten.

„Genug gespielt!", rief Hiyarbal von der Tür. Er deutete auf eine Forke. „An die Arbeit!"

Zirdan begann wie die anderen Stallburschen mit dem Ausmisten. Anschließend karrten sie taufrisches Gras heran. Zirdan gab Bo ein Büschel mit viel Klee und dazu etwas Obst, das der Bulle besonders schätzte.

Später trieben die Mahouts die Tiere vor die Tore des Lagers in eine nahe gelegene Ebene. Dort war die „Schule" der Elefanten. Zirdan durfte zuschauen, wie die Mahouts den Tieren beibrachten, Lasten aufzuheben und zu transportieren. Mit dem Befehl „hoch" hoben die Tiere die Lasten an, mit „ab" legten sie diese auf den Boden. Jedes Kommando wurde durch entsprechende Zeichen unterstützt. Der Junge bewunderte immer wieder, wie schnell die schwerfällig wirkenden Tiere die Aufgaben begriffen. Anschließend kam die Kampfausbildung, die Zirdan verabscheute. Die Mahouts sorgten dafür, dass die Elefanten im Verband auf ein vermeintliches Ziel zustürmten. Die Treiber versuchten, die Tiere an das Geräusch klirrender Waffen und an Feuer zu gewöhnen – beides Dinge, die die sensiblen Elefanten sonst eher zur Flucht veranlassten. Zirdan wollte später wie sein Vater ein Mahout werden. Der Mahout von Bo, seinem Lieblingselefanten. Aber er würde Bos Klugheit und Kraft für die Waldarbeit nutzen – und nicht für den Krieg.

Zirdans Gedanken schweiften ab. Ihm fiel sein Bruder ein. Ob Qadhir wohl schon eine neue Uniform hatte? Hoffentlich bestrafte man ihn nicht dafür, dass er sich die Ausrüstung hatte stehlen lassen. Warum tat jemand so etwas, was konnte man mit den

Klamotten schon groß anfangen? Vielleicht, dachte Zirdan, waren die Angreifer ja genauso beschwipst gewesen wie ihre Opfer ...

Als die Sonne am höchsten stand, wurde die Ausbildung abgebrochen. Die Mahouts und ihre Helfer brachten die Tiere zu einer schattigen Weide, wo die Elefanten in Ruhe äsen konnten. Zirdan fragte seinen Vater, ob er in die Stadt gehen dürfte. Hiyarbal erlaubte es, und Zirdan sauste zum Treffpunkt, zur Schenke der schönen Aspasia.

Tazirat erwartete ihn bereits. „Auf zum Hafen!", rief sie. „Vielleicht finden wir dort eine Spur."

„In Ordnung. Ich habe aber nicht viel Zeit. Die Elefanten sind immer hungrig!" Das stimmte. Bo und seine Artgenossen verbrachten rund achtzehn Stunden am Tag mit Essen und vertilgten dabei jeder etwa einhundertundzwanzig Kilo an Heu, Grünfutter, Rüben, Kohl und Obst.

Das Meer tauchte vor den Freunden auf. Es lag ruhig vor ihnen, kein Lüftchen regte sich. Dagegen herrschte im Hafen viel Betrieb. Außer zwei *Quinqueremen*, karthagischen Kriegsschiffen, hatten auch mehrere Lastensegler an der Mole angelegt und wurden gerade entladen. Träger, nur mit einem Lederschurz bekleidet, schleppten Säcke, Stoffbündel,

Krüge und Truhen. Auf ihren muskulösen Rücken glänzte der Schweiß. Wasserverkäufer, den Lederbalg über der Schulter, liefen auf und ab. Marktweiber boten mit schrillen Stimmen Obst und Gemüse an. In der Halle eines Schiffsbauers feilten Zimmerleute am Rumpf eines schnittigen Boots. Daneben erklangen aus einem Eisenbiegerschuppen wuchtige Hammerschläge.

„Und in diesem Durcheinander willst du etwas finden?", fragte Zirdan zweifelnd. „Lass uns lieber an der Garküche da drüben einen leckeren Ziegenkäse essen."

„Später. Erst arbeiten, dann mampfen!"

„Das kenne ich doch von meinen Elefanten", murmelte Zirdan.

Tazirat kletterte auf den Rand eines Brunnens und beschattete mit der Hand ihre Augen. „Schau, das Schiff da drüben. Sieht so aus, als wären dort jede Menge Numider an Bord." Schon sprang Tazirat wieder auf den Boden zurück und verschwand in der Menge. Zirdan hatte Mühe, der Freundin zu folgen.

Das Schiff hieß *Möwe* und war ein hochbordiger Frachter. Die Besatzung war gerade dabei, Unmengen an Säcken aus den Decks auf die Kaimauer zu wuchten.

„Und jetzt? Willst du die Männer alle verhaften?", fragte Zirdan. „Da drüben gibt es einen wirklich ausgezeichneten und auch noch billigen Ziegenkä-"

„Psst!", unterbrach ihn Tazirat. „Siehst du den Kerl dort?"

„Welchen?"

„Na, den mit dem Kratzer im Gesicht", wisperte Tazirat aufgeregt.

Zirdan erkannte, wen seine Freundin meinte. Es handelte sich um einen dicken Numider. Und über seine linke Wange verlief ein langer Kratzer! Zirdan erstarrte. War das etwa der Mann, der seinen Bruder überfallen hatte? Der Verdächtige lud sich gerade einen Sack auf den Rücken. Für einen Moment kreuzten sich die Blicke des Mannes und die der Kinder. Der Träger schien zu stutzen. Rasch sahen Zirdan und Tazirat weg. Der Mann schleppte den Sack an ihnen vorbei und verschwand in einem Schuppen. Die

Freunde behielten den Eingang im Auge, doch der Träger tauchte nicht wieder auf. Hatten die Kinder ihn zu offensichtlich angestarrt, hatte er etwas von ihrem Verdacht bemerkt?

„Der hat sich verkrümelt", vermutete Zirdan.

„Sollen wir in dem Schuppen nachsehen?", fragte Tazirat.

„Nein, der Kerl ist längst über alle Berge", meinte Zirdan. „Aber vielleicht sollten wir das Schiff mal unter die Lupe nehmen."

„Wie stellst du dir das vor?", wollte Tazirat wissen.

„Pass auf!", erwiderte Zirdan. Er mischte sich in den Strom der Träger und ging einfach mit an Bord. Niemand hielt ihn auf. Der Junge bückte sich plötzlich und tat so, als wäre ein Riemen seiner Sandale locker. Verstohlen schaute sich Zirdan um. Sein Herz schlug ihm bis zum Hals. Jemand stieß gegen ihn und fluchte derb. Zirdan versteckte sich hinter einem Wasserfass. Von hier aus konnte er nichts Verdächtiges entdecken. Zirdan sah nur den Strom der Lastenträger. Er hörte das Ächzen der Männer und immer wieder die scharfen Kommandos des Kapitäns, dem das Entladen offenbar nicht schnell genug vonstatten ging. Der Kapitän stand breitbeinig auf dem Steuerdeck. Darunter lag der Heckraum, der dem

Kapitän vorbehalten war. Ob Zirdan dort vielleicht mal nachschauen sollte? Zirdan verließ sein Versteck und flitzte los. Nach wenigen Metern war er am Ziel. Er warf einen schnellen Blick über die Schulter, aber keine Menschenseele schenkte ihm Beachtung. Umso besser! Zirdan nahm seinen ganzen Mut zusammen und spähte durch die Tür in die Kajüte. Der kleine Raum war vollgestopft mit einem Bett, drei Stühlen, jeder Menge Kleidungsstücke und einem großen Tisch, auf dem ein Durcheinander von Karten, Wachstafeln und Papyrusrollen herrschte. Plötzlich gab es über Zirdan ein Poltern. Er zuckte zusammen und starrte nach oben auf das Steuerdeck, wo der Kapitän herumbrüllte. Offenbar war etwas umgefallen. Zirdan schaute noch ein letztes Mal in die Kajüte. Schade, er hatte das Risiko wohl umsonst auf sich genommen. Doch dann blieb sein Blick an etwas hängen.

Was hat Zirdan entdeckt?

Ein Satz zu viel ...

Zirdan wollte sich gerade davonschleichen, als ihn ein scharfer Ruf erstarren ließ.

„Was hast du da verloren, Bursche?"

Der Kapitän. Sein Gesicht war rot vor Wut.

„Ich? Ich – wollte nur ...", stotterte Zirdan.

„Stehlen wolltest du, du Kröte!", brüllte der Kapitän. „Aber daraus wird nichts!" Er zog sein Schwert.

Zirdan duckte sich blitzschnell unter dem erhobenen Arm des Kapitäns und rannte los.

„Haltet ihn!", herrschte der Kapitän seine Mannschaft an. Einer der Träger ließ den Sack, den er sich aufgeladen hatte, fallen und stellte sich Zirdan in den Weg.

Hastig warf Zirdan einen Blick über die Schulter. Hinter ihm stürzte der Kapitän auf ihn zu, das Schwert hoch über den Kopf gehoben. Was jetzt? Zirdans Gedanken wirbelten durcheinander. Er hatte nur noch eine Chance. Kurzerhand sprang er auf die Reling und von dort aus ins Wasser. Als die Wellen über ihm zusammenschlugen, stockte ihm für kurze Zeit der Atem. Im Frühjahr hatte das Meer noch keine fünfzehn Grad. Schnell hatte er sich aber wieder gefangen und schwamm mit kräftigen Zügen vom Schiff weg. Plötzlich zischte etwas neben seinem Kopf ins Wasser. Entsetzt sah Zirdan, dass es sich um einen Pfeil handelte. Sie schossen auf ihn! Verzweifelt tauchte er unter, schlug unter Wasser einen Haken, kam wieder hoch und begann, hektisch in Richtung Mole zu kraulen – nur weg, weg, weg!

Doch in dem kalten Wasser erlahmten Zirdans Kräfte rasch. Der Junge hatte das Gefühl, jeden Moment einen Krampf zu bekommen. Er drehte sich hastig auf den Rücken und warf dabei einen Blick zum Schiff. Der Kapitän stand an der Reling, deutete auf ihn und schrie einen Bogenschützen an. Wieder surrte ein Pfeil, verfehlte Zirdan aber um Längen. Noch einmal sammelte Zirdan all seine Kräfte und schwamm auf dem Rücken um die Quinquereme herum. Er erreichte die Mole und zog sich an der Leiter hoch. Plötzlich wurde ihm eine Hand entgegengestreckt.

„So schnell warst du noch nie!", lobte Tazirat.

„Kein Wunder, die haben ja auch auf mich geschossen!", erwiderte Zirdan. Dann berichtete er, was er entdeckt hatte.

„Wir müssen sofort ins Lager!", meinte Tazirat aufgeregt.

„Sollst du heute nicht Aspasia in der Schenke helfen?", warf Zirdan ein.

„Ja, aber erst später. Komm jetzt!" Schon wollte Tazirat loslaufen – aber mit einem Mal hielt sie inne.

„Mist, wir bekommen Besuch!", entfuhr es ihr. Sie zeigte auf eine Gruppe von Männern, die auf die Mole zustürmte.

„Das ist der Kapitän!", flüsterte Zirdan.

Gehetzt blickten sich die Freunde um.

„Da rein!", entschied Tazirat. Sie deutete auf ein halbvolles Fass mit Sardinen, das gerade zu einem der Kriegsschiffe geschleppt worden war und offenbar als Proviant dienen sollte.

„Ich? Niemals!", protestierte Zirdan.

„Red nicht lang rum, rein mit dir!"

Zirdan gehorchte widerstrebend. Der Gestank war entsetzlich. Als Tazirat den Deckel über ihm schloss, glaubte Zirdan, ersticken zu müssen. Eine Minute verstrich. Dann hörte er, wie der Kapitän auf Tazirat einredete.

„Klar habe ich einen Jungen gesehen", vernahm er die Stimme seiner Freundin. „Er ist an dieser Stelle ins Wasser gesprungen und weggeschwommen. Wie ein Fisch." Tazirat begann zu kichern.

„Was ist denn daran so lustig?", knurrte der Kapitän ungehalten. Aber dann entfernten sich die Stimmen. Zirdan atmete auf. Schon wurde der Deckel angehoben.

„Du kannst rauskommen, die Luft ist rein", sagte Tazirat mit einem Grinsen.

„Davon kann wohl kaum die Rede sein", fluchte Zirdan und wischte eine Sardine von seinem Kitun.

Tazirat grinste noch breiter. „Du bist nass, du bist voller Schuppen, du riechst nach Fisch – auf dem Markt könntest du als Riesensardine einen guten Preis erzielen!"

Dann liefen sie zum Lager.

„Parole?", fragte die Wache am Tor zu Hannibals Heereslager. Zirdan nannte sie, und die beiden Freunde wurden hereingelassen.

„Am besten gehen wir direkt zu Hannibal!", schlug Tazirat vor.

„Hannibal?" Zirdan glaubte, sich verhört zu haben. „Bist du verrückt? Zu dem wird man uns niemals vorlassen."

Tazirat ließ sich nicht beirren. „Versuchen wir es doch einfach mal!"

Die Unterkunft des Feldherrn lag in der Mitte der Zeltstadt. Auf dem Weg dorthin kamen den beiden Freunden Soldaten aus verschiedenen Ländern entgegen: An den Sprachen erkannten sie Kelten, Iberer, Libyer, Hellenen und Numider. Die meisten Kochstellen waren jetzt, zur späten Mittagsstunde, in Betrieb. Es roch nach gebratenem Fleisch, gekochtem Kohl und Wein, der mit kaltem Wasser verdünnt getrunken wurde.

Vor Hannibals schmucklosem Zelt stand ein Doppelposten. Zirdan und Tazirat begehrten Einlass, wurden aber nur ausgelacht: „Und wen, bitte schön, sollen wir melden? Einmal junges Gemüse und einmal Fisch? Verschwindet!"

Enttäuscht machten sich die Freunde auf die Suche nach Qadhir und Hiyarbal. Diese beiden würden ihnen bestimmt zuhören. Bei den Elefanten war Hiyarbal nicht. Also liefen Zirdan und Tazirat zum Exerzierplatz, in der Hoffnung, dort Qadhir zu entdecken. Auf dem rechteckigen Platz trainierten Hunderte von Rekruten. Ein Trupp übte mit Holzschwertern den Nahkampf. Andere versuchten, im Gleichschritt zu marschieren. Qadhir gehörte einer dritten Abteilung

an, die mit Schleudern Steine auf eine Holzpuppe schoss. Die Schleuderer waren eine gefürchtete Spezialtruppe in Hannibals Heer. Hiran, der Ausbilder, überwachte die Schussversuche. Neben ihm stand ein ranghöherer Offizier mit gerunzelter Stirn. Es handelte sich um Budur, den Chef der Wache.

„Nein, nein, nein, Qadhir!", schrie Hiran gerade. „Du musst dich besser konzentrieren! So triffst du ja noch nicht mal einen Elefanten, der genau vor dir steht!"

Qadhir nickte zerknirscht und legte einen neuen Stein in die Schleuder. Zögernd traten Zirdan und Tazirat an die Offiziere heran.

„Was wollt ihr denn?", blaffte Budur die beiden an. Die Freunde berichteten von ihrer Beobachtung am Hafen.

„Na und? Drei Uniformen mehr oder weniger, wen interessiert das?", polterte Budur.

„Nun ja", wagte Hiran, dem Vorgesetzten zu widersprechen. „Immerhin hat Hannibal den Vorfall ziemlich ernst genommen, habe ich gehört."

Budur sah den Ausbilder

zornig an. Dann sagte er ungehalten: „Gut, dann schicken wir von mir aus eine Patrouille zu dem Schiff und lassen die Besatzung herbringen. Kümmere du dich darum, Hiran!" Mit diesen Worten verschwand Budur.

Hiran pfiff seinen Unteroffizier Samel herbei und befahl ihm, mit zehn Mann zum Hafen zu gehen, die Besatzung der *Möwe* festzunehmen und bei dem Schiff zwei Männer als Wache zurückzulassen.

Samel, ein Hüne mit breiten Schultern und kräftigen Armen, nickte ergeben. „Wird sofort erledigt."

„Dürfen wir mit?", fragte Zirdan hoffnungsvoll.

Hiran schüttelte den Kopf. „Unter keinen Umständen. Und du schon mal gar nicht, Zirdan. Müsstest du dich nicht um die Elefanten kümmern?"

Der Junge senkte den Kopf. Wie hatte er das nur vergessen können?

„Gib mir Bescheid, wenn die Patrouille zurück ist", bat er Tazirat. Dann lief Zirdan rasch zu den Ställen, die gleich neben dem Exerzierplatz lagen. Unterwegs pflückte er ein großes Büschel Klee, das er Bo mitbrachte.

Eine halbe Stunde später vernahm Zirdan Tazirats Ruf. Sofort ließ er die Mistgabel fallen und rannte zu ihr. Samel war gerade mit der Patrouille zurückgekehrt. Hiran begrüßte ihn, indem er die rechte Faust auf die Brust legte – der Gruß der Karthager.

„Wo sind diese elenden Kleiderdiebe?", wollte er von seinem Unteroffizier wissen.

Samel hob die Schultern. „Wir haben den ganzen Hafen abgesucht, Mole für Mole. Aber nirgendwo liegt ein Schiff mit dem Namen *Möwe*. Vermutlich hat es schon wieder abgelegt." Er warf einen verächtlichen Blick auf die Kinder. „Vielleicht haben die Gören aber auch nur eine blühende Fantasie."

„Unsinn!", rief Zirdan. „Ich habe die Uniformen an Bord der *Möwe* mit eigenen Augen gesehen!"

„Ruhe!", befahl Hiran. „Gibt es irgendwelche Hinweise auf die Besatzung?"

„Nein, wir konnten die Numider nirgendwo entdecken." Samel grinste. „Falls es sie überhaupt gibt ..."

„Wegtreten, Samel!", bellte Hiran. Samel entfernte sich rasch. Hiran wandte sich an die Kinder. Sein Blick war vernichtend. „Wie könnt ihr Schlauberger es wagen, solche unsinnigen Geschichten zu verbreiten? Wo ist euer Geisterschiff denn jetzt?"

Zirdan wäre am liebsten im Boden versunken.

Tazirat dagegen ließ sich nicht so leicht einschüchtern. Sie hob die Hand, um etwas zu sagen, aber Hiran ließ sie nicht zu Wort kommen.

„Schweig! Aus meinen Augen!" Er wandte sich an die Rekruten. „Und ihr Blindschleichen trainiert gefälligst weiter mit euren Schleudern!"

Doch Tazirat machte keinerlei Anstalten zu gehen. Zirdan zog ungeduldig an ihrem Kitun. „Nun komm schon!"

„Nein! Hiran sollte sich noch einmal mit Samel unterhalten. Und zwar schnell!"

 Was ist Tazirat aufgefallen?

 # In der Straße der Segelmacher

Doch Hiran ließ sich auf kein Gespräch mehr ein und scheuchte sie entnervt davon. Entmutigt und mit hängenden Köpfen verließen Zirdan und Tazirat den Exerzierplatz. Plötzlich stampfte Tazirat mit dem Fuß auf und meinte energisch: „Dann versuchen wir es eben noch einmal bei Hannibal. Dass Samel zu den Tätern gehört, muss ihn doch interessieren!"

Gesagt, getan. Und diesmal ließen sich die Freunde vom Doppelposten vor dem Zelt des Feldherrn nicht so einfach abweisen.

„Es ist wichtig! Wir haben Hannibal einen Dieb in den eigenen Reihen zu melden!", bestand Tazirat darauf, vorgelassen zu werden.

„Ich hoffe für euch, dass ihr den Feldherrn nicht umsonst stört!", grummelte einer der Soldaten und verschwand im Zelt.

Einige Zeit verstrich. Zirdan fürchtete schon, dass sie erneut scheiterten. Aber dann tauchte der Posten wieder auf und bedeutete den Kindern mit einem Kopfnicken, dass Hannibal sie erwartete.

Als Tazirat mit Zirdan das Reich des Feldherrn betrat, verließ sie der Mut. Fast hätte sie auf dem Absatz kehrtgemacht. Aber sie riss sich zusammen. Und da saß er: Hannibal! Er beugte sich gerade über eine Karte, auf der die Umrisse der spanischen Mittelmeerküste zu erkennen waren. Hannibal blickte hoch, als die Kinder vor ihm standen. Er hatte ein scharf geschnittenes Gesicht und trug einen Vollbart.

„Ein Dieb? In meinem Lager?", fragte er ruhig und schaute nacheinander Tazirat und Zirdan an. „Habt ihr für diese Behauptung Beweise?"

Tazirat nickte rasch und berichtete von Samel.

Hannibal hörte ihr zu. Als sie fertig war, stand er auf.

„Zwei Kinder und eine schwere Anschuldigung." Er sah den beiden fest in die Augen. Die Freunde hielten seinem Blick nicht lange stand.

„Ihr wisst, was es für euch bedeutet, wenn ihr lügt?", fragte Hannibal.

Fast unhörbar bejahten Zirdan und Tazirat dies.

Hannibal überlegte einen Augenblick. Schließlich nickte er. „Gut, so sei es." Er rief die Wache herein und gab ihr den Befehl, Samel sofort festnehmen zu lassen. Dann entließ er Zirdan und Tazirat.

„Puh", meinte Tazirat, als sie draußen waren. „Ich hatte ganz schön Angst."

„Ich auch", gestand Zirdan. „Aber Hannibal ist eigentlich richtig nett."

„Zum Glück", stimmte ihm Tazirat zu. „He, sieh mal dort." Sie deutete auf Budur, der gerade einen Trupp Soldaten zusammenstellte. Die Kinder rannten hin.

„Wird Samel jetzt gefangen genommen?", fragte Zirdan.

Budur sah ihn wütend an. „Wenn das mal so leicht wäre! Samel ist nicht mehr im Lager. Die Wache am Südtor sah ihn Richtung Stadt laufen." Budur kam ganz nah an Zirdan heran. „Wenn ihr Kröten euch das nur ausgedacht habt, mache ich Hackfleisch aus euch!" Er drehte sich um. „Los!", brüllte er die Soldaten an. „Folgt mir! Im Laufschritt, marsch! Eins-zwei, eins-zwei, eins-zwei!" Der Trupp setzte sich in Bewegung.

„Ich glaube nicht, dass das eine gute Idee ist", meinte Zirdan, sobald Budur außer Hörweite war. „Wo wollen sie Samel finden? Die Stadt ist total verwinkelt. Es gibt zahllose Möglichkeiten, sich dort zu verstecken. Und Budur hat keinen Anhaltspunkt, wo er suchen soll! Wir sollten uns lieber unter Samels Kameraden umhören. Vielleicht haben die eine Ahnung, wo er untergetaucht sein könnte."

„Gute Idee", lobte Tazirat. „Wie wär's mit deinem Bruder Qadhir?"

Sie hatten Glück. Qadhir wusste, dass Samel in Cartagena zwei Brüder hatte. Der eine führte eine kleine Werkstatt in der Straße der Segelmacher, der andere war Metzger.

„Vielleicht hält sich Samel bei einem von den beiden versteckt", grübelte Zirdan laut. „Lass uns dort vorbeischauen. Einen Versuch ist es allemal wert. Ich sage nur schnell meinem Vater Bescheid."

Die Straße der Segelmacher lag direkt am Hafen. Sie war eine schlecht gepflasterte Gasse mit vielen Schlaglöchern. Flankiert wurde die Straße von düsteren Werkstätten und einfachen Wohnhütten aus Lehmziegeln und Holz. Nur wenige Häuser waren aus Stein. Auf einem Platz wuschen Frauen Wäsche in Trögen. Kinder tobten herum und beäugten neugierig die beiden Fremden.

Zirdan und Tazirat fragten sich zur Werkstatt von Samels Bruder durch. Der Laden wirkte heruntergekommen. Ein zerschlissenes Stück Stoff diente als Tür.

„Hallo, ist da jemand?", rief Zirdan.

Als niemand antwortete, zog Zirdan den Vorhang vorsichtig ein Stück zur Seite. Ein dunkler Raum tat sich vor den Kindern auf. Undeutlich erkannten sie große Rollen Tuch und einen langen Tisch mit Nähgarn, Nadeln, Ösen und Scheren darauf. Dahinter saß ein Mann auf einem Stuhl. Er hatte die Füße auf den Tisch gelegt und schnarchte.

Zirdan und Tazirat grinsten sich an. Dann legte Zirdan einen Finger auf die Lippen und deutete in den Raum. Tazirat nickte. Auf Zehenspitzen schlichen sie an dem Schlafenden vorbei zu einer Holztür am hinteren Ende. Langsam, ganz langsam zog Zirdan sie auf. Ein Quietschen ertönte, das die beiden vor Schreck zusammenzucken ließ. Sie warfen einen Blick auf den Schnarchenden. Offenbar hatte er aber nichts gehört – er schlief weiter. Im angrenzenden

Raum befand sich eine Wohnküche, in der aber weder die gestohlenen Uniformen noch irgendwelche anderen Hinweise zu entdecken waren. Enttäuscht schlüpften die Kinder am Segelmacher vorbei wieder zurück auf die Straße.

„Was nun?", wollte Tazirat wissen.

„Wecken wir den Kerl auf", schlug Zirdan vor. „Womöglich weiß er etwas. Vielleicht verquatscht er sich auch wie Samel. Lass mich nur machen, ich habe schon einen Plan."

Zum zweiten Mal betraten die beiden die Werkstatt. Zirdan nahm ein Papyrus vom Tisch und rollte es zusammen. Dann klopfte er vernehmlich auf die Tischplatte. Prompt schreckte der Handwerker hoch, doch er fing sich rasch. Missmutig betrachtete er die Kinder und kratzte sich am unrasierten Kinn. „Was wollt ihr?"

„Wir sind Boten von Hannibal. Wir haben eine Nachricht für Samel", log Zirdan.

„So?", kam es gedehnt zurück. „Da seid ihr hier aber falsch."

„Das ist seltsam. Im Lager hieß es, dass Samel hier sei", entgegnete Zirdan ungerührt und deutete auf die Schriftrolle. „Wir müssen ihm diese Nachricht überbringen. Es ist äußerst wichtig."

Der Mann schien zu überlegen. Seine Augen blitzten listig, als er erwiderte: "Ich weiß nicht, wo mein Bruder ist. Hab ihn schon lange nicht mehr gesehen. Was hat er denn jetzt wieder angestellt?"

Zirdan und Tazirat warfen sich einen vielsagenden Blick zu.

"Wer sagt, dass er etwas angestellt hat?", meinte Zirdan.

Der Mann stützte die Arme auf den Tisch und erhob sich langsam. "Nun hör mir mal gut zu, Kleiner", sagte er mit drohender Stimme, "mir reicht es jetzt mit euch beiden! Raus aus meiner Werkstatt!"

Rasch traten Zirdan und Tazirat den Rückzug an. Sie rannten durch die Gasse der Segelmacher zur Hauptstraße.

„So eine Pleite. Er ist uns nicht auf den Leim gegangen", meinte Zirdan.

„Macht nichts", sagte Tazirat. „Lass uns etwas essen. Das bringt uns auf andere Gedanken. Sollen wir nicht zur Garküche meiner Tante gehen? Sie ist hier gleich um die Ecke."

Sie bogen in eine schattige Nebengasse ein, die mit vielen Obst- und Gemüseständen gesäumt war. Tazirats Tante stand hinter dem Tresen ihrer kleinen Holzbude und bot verschiedene warme Gerichte an. Sie begrüßte die Kinder mit einem breiten Lächeln und strich Tazirat liebevoll über den Kopf. „Wollt ihr was essen?" Sie empfahl den beiden ihr „Würziges Allerlei". Dabei handelte es sich um einen graubraunen Brei, der herrlich duftete. Tazirats Tante füllte zwei Tonschalen und reichte sie den Freunden. Sie hockten sich auf den Randstein und ließen es sich schmecken.

„Der Kerl hat gelogen. Bestimmt weiß er, wo sein Bruder steckt", vermutete Zirdan.

„Das glaube ich auch", meinte Tazirat. „Wir sollten am besten –"

Laute Kommandos unterbrachen sie. „Eins-zwei, eins-zwei, eins-zwei!" Ein Trupp Soldaten mit dem schwitzenden Budur an der Spitze rannte um die Ecke. Der Offizier würdigte die Kinder keines Blickes, als er an ihnen vorbeistob und mit seinen Soldaten in einer anderen Gasse verschwand.

Zirdan zuckte mit den Schultern. „Die haben wohl auch keinen Erfolg bei der Suche nach Samel gehabt." Plötzlich versteifte sich sein Körper. Er deutete auf eine Gruppe von vier Männern in grauen Kituns, die in einiger Entfernung an einem Stand mit Früchten vorbeischlenderte.

„Schau mal!", rief er. „Der linke Kerl ist ja riesig – wie Samel! Mist, dass er uns den Rücken zuwendet und man sein Gesicht nicht erkennen kann!"

Tazirat stellte ihre Schale auf den Tresen, wischte sich den Mund ab und meinte nur: „Hinterher!"

Die Kinder flitzten den Männern nach. Die vier bogen jetzt zum Hephaistos-Tempel ab und verschwanden in einer Halle, in der Cartagenas Fischer ihre Waren feilboten. Kurz darauf betraten auch Tazirat und Zirdan die Halle. Durch die wenigen Fenster drang nur spärliches Licht, und es dauerte eine Weile, bis sich ihre Augen an das Halbdunkel gewöhnt hatten. Für einen Moment glaubten Zirdan und Tazirat, dass ihnen die Männer entwischt seien.

Doch dann rief Tazirat mit einem Mal: „Da hinten sind sie!" Sie deutete nach links. „Vier Männer, darunter ein Riese!"

„Nein, da!", widersprach Zirdan. Er zeigte nach rechts, wo eine Gruppe von vier Männern an den Ständen vorbeiging. Auch in dieser Gruppe war ein auffallend großer Mann.

„Ach, du Schande!", entfuhr es Tazirat. Sie blickte ihren Freund ratlos an. „Wem sollen wir denn nun folgen?"

Zirdan grinste: „Ist doch klar!"

? *Welcher Gruppe will Zirdan folgen?*

Ein mysteriöser Plan

„Gut beobachtet", lobte Tazirat.

„Schon gut", wehrte Zirdan ab. „Lass uns lieber aufpassen, dass wir sie nicht aus den Augen verlieren!"

Die Verdächtigen setzten ihren Weg durch die Halle fort. Einmal drehte sich der Hüne um. Jetzt gab es keine Zweifel mehr – es handelte sich tatsächlich um Samel! Er trug wie die anderen drei Männer ein Schwert am Gürtel.

„Meinst du, er hat etwas bemerkt?", fragte Tazirat. „Samel müsste dich doch kennen."

„Glaube ich nicht. Sonst würden die Kerle doch einen Zahn zulegen", versuchte Zirdan sie zu beruhigen. Doch ruhig war er selbst keineswegs, im Gegenteil: Er war sich sehr wohl bewusst, dass ihre Aktion ziemlich riskant war. Nirgendwo konnte er eine Patrouille oder wenigstens einen einzelnen Soldaten ausmachen, der ihnen hätte helfen können. Sollten sie den nächstbesten Erwachsenen um Hilfe bitten? Aber würde der ihnen glauben? Und wenn ja, würde er sich vier Männern in den Weg stellen, die bewaffnet waren? Wohl kaum. Besser war es, Samel und den drei anderen weiterhin zu folgen und zu beobachten, wo sie ihr Versteck hatten. Dann konnten er und Tazirat immer noch Soldaten dorthin schicken, um die Täter zu verhaften.

Die Männer hatten jetzt das westliche Ende der Halle erreicht und traten auf die Straße hinaus. Die Freunde spähten vorsichtig um die Ecke und sahen gerade noch, wie die Verdächtigen in eine Metzgerei gingen. Zirdan stieß seine Freundin an. „Der Laden gehört bestimmt dem zweiten Bruder von Samel!"

„Glaube ich auch. Ich kann ja so tun, als ob ich dort etwas kaufen wollte", schlug Tazirat vor.

Zirdan nickte. Das Mädchen überquerte die Straße und betrat den Laden. Dort warteten bereits einige Frauen. In den Händen hielten sie Wachstafeln, auf denen sie ihre Besorgungen notiert hatten. Der Metzger, ein untersetzter Mann mit mürrischem Gesicht, bearbeitete gerade ein Stück Hammelfleisch auf dem dreibeinigen Hackklotz. Sein Gehilfe war damit beschäftigt, einer Kundin einige Fleischstücke abzuwiegen. Von den Verdächtigen fehlte jede Spur. Tazirat sah sich unauffällig um. Rechts war eine Tür, die offen stand. Durch sie mussten die vier Männer verschwunden sein. Tazirat stellte sich so, dass sie einen Blick durch die Tür werfen konnte. Schemenhaft erkannte sie Stufen, die nach unten führten. Sie spurtete zu Zirdan zurück.

„Sie müssen im Keller sein", berichtete sie.

„Vielleicht gibt es einen Hintereingang", mutmaßte Zirdan, und er hatte recht. Als sie um das Gebäude herumliefen, entdeckten sie an der Rückseite der Metzgerei ein breites Tor, durch das das Schlachtvieh getrieben wurde. Die Kinder gingen hindurch, überquerten einen Hof und betraten einen kahlen Raum, in dem zwei Waagen und ein Schreibpult standen. Daneben führte eine breite Treppe nach unten. Tazirat und Zirdan nickten sich zu. Mit klopfenden

Herzen schlichen die Kinder hinab, Stufe für Stufe. Am Ende der Treppe erwartete sie ein kühler, dunkler Gang. Über sich hörten Zirdan und Tazirat gedämpfte Stimmen.

„Wir sind direkt unter dem Verkaufsraum", wisperte Tazirat. Sie spürte, wie sich auf ihren Armen eine Gänsehaut ausbreitete. Lag es an der Kühle oder an dem starken Blutgeruch, den sie plötzlich wahrnahm? Langsam tasteten sich die Freunde an der Wand entlang, bis sie schließlich vor einer Türöffnung standen, die durch einen Vorhang verdeckt wurde. Tazirat schob ihn vorsichtig beiseite. Vor ihnen tat sich ein länglicher Raum auf, offenbar der Kühlraum der Metzgerei. Eine Fackel spendete spärliches Licht. An der Decke verliefen Metallstangen, an denen ein gehäutetes Rind, zwei Schweine und ein

Schaf hingen. Tazirat bemerkte, dass Zirdan die Hand hob, und sah ihn fragend an. Aber dann verstand Tazirat. Nun hörte auch sie das Lachen. Es kam aus einem grob zusammengenagelten Verschlag am Ende des Raumes. Die Kinder schlichen vorsichtig näher. Undeutlich vernahmen sie Gemurmel, dann wieder ein Lachen.

„Die sind da drin!", flüsterte Zirdan aufgeregt. „Sollen wir die Wachen alarmieren?"

„Lass uns noch ein wenig warten", schlug Tazirat vor. „Vielleicht können wir die Diebe belauschen. Ich will wissen, was sie vorhaben."

Zirdan hätte lieber auf der Stelle kehrtgemacht, doch das konnte er unmöglich zugeben. In diesem Moment vernahmen sie aus dem Verschlag ein Geräusch – als würde ein Stuhl zurückgeschoben!

„In Deckung!", zischte Tazirat. Die Freunde verkrochen sich hinter zwei dickbäuchigen Salzfässern und machten sich ganz klein. Die toten Tiere hingen jetzt direkt über ihnen.

Die Tür zum Schuppen flog auf, und Samel erschien. Er ging an den Kindern vorbei, ohne sie zu bemerken. Kurze Zeit später kehrte er mit einem Krug zurück und verschwand wieder in dem Verschlag.

„Lass uns abhauen", bat Zirdan die Freundin.

„Gleich", erwiderte Tazirat. „Ich will noch ein bisschen lauschen."

„Morgen schlagen wir zu!", hörten sie Samel undeutlich sagen. „Darauf sollten wir einen trinken." Kelche stießen zusammen. Dann murmelte einer der anderen Männer etwas, was die Kinder nicht verstanden.

Nun vernahmen sie wieder Samels Stimme. „Klar, mit den Uniformen kommt ihr da rein, kein Problem."

Die Freunde warfen sich einen Blick zu. Plötzlich tropfte etwas in Tazirats Nacken. Das Mädchen sah hoch – genau in die Augen des toten Rindes. Die Zunge des Tieres hing heraus. Vom Maul tropfte Blut herab. Tazirat unterdrückte einen Schrei und rückte hastig ein Stück zur Seite.

„Natürlich werden die vier Türme bewacht sein", sagte Samel jetzt. „Aber euch wird man hineinlassen – bei Soldaten schöpft niemand Verdacht." Er lachte dröhnend. „Soldaten sind doch ehrbare Männer, oder etwa nicht?"

Die anderen stimmten in sein Gelächter ein. Dann wechselte Samel das Thema. Die Kinder zogen sich vorsichtig zurück. Unbehelligt erreichten sie den Hintereingang der Metzgerei und gelangten auf die Straße.

„Für heute ist mir der Appetit vergangen", meinte Tazirat. „Zumindest auf Fleisch!"

Zirdan grinste. „Mir auch. Aber jetzt wissen wir wenigstens, dass sich die Täter als Soldaten verkleiden wollen und einen Überfall oder so etwas planen. Lass uns schnell nach einer Patrouille Ausschau halten!"

Die Freunde brauchten nicht lange zu suchen. Auf der Hauptstraße kam ihnen Budur mit seinen Soldaten im Laufschritt entgegen. Als sie auf der Höhe der Kinder angelangt waren, ließ Budur seine Leute anhalten. Zirdan und Tazirat berichteten, was sie gesehen hatten, und nannten ihm das Versteck der Täter.

„Das übernehme ich persönlich", meinte Budur und zog sein Schwert. Mit drei Männern marschierte

er zur Metzgerei und befahl den Soldaten, vor der Tür zu warten. Dann ging Budur allein in das Geschäft. Kurz darauf tauchte er wieder auf – ohne Samel und dessen Komplizen.

„Der Keller ist leer. Nur tote Viecher", schnaufte Budur. Er beugte sich zu Tazirat und Zirdan hinab. Seine Augen funkelten zornig.

„Großartig, ihr Meisterdetektive!", zischte er. „Ihr wolltet euch wohl mal wieder aufspielen!"

Die Freunde unternahmen einen zaghaften Versuch, sich zu verteidigen. Aber Budur hatte sich schon abgewandt und gab seiner Truppe den Befehl zur Aufstellung. Dann setzte sich die Patrouille wieder in Bewegung.

Mit hängenden Schultern trotteten Zirdan und Tazirat davon.

„Schade, das war wohl nichts", meinte Zirdan.

„Das kannst du wohl sagen. Niemand glaubt uns", stimmte Tazirat ihm zu. „Hoffentlich hat das kein Nachspiel bei Hannibal." Der Gedanke an den mächtigen Feldherrn ließ sie frösteln.

„Aber wir wissen jetzt, dass die Täter es auf ein Gebäude mit Türmen abgesehen haben", meinte Zirdan. „Nur welches?"

„Lass uns zur Burg laufen", schlug Tazirat vor. „Von dort haben wir einen guten Überblick."

„Eigentlich müsste ich ins Lager zu den Elefanten. Vater wird schon sauer auf mich sein", entgegnete Zirdan.

„Tja, und ich müsste mich endlich bei Aspasia sehen lassen. Sonst wirft sie mich womöglich noch raus", sagte Tazirat. „Aber zur Burg ist es nicht weit. Das kostet uns nicht viel Zeit. Komm!"

Über eine steile Gasse erreichten sie die Burg, die über der Stadt thronte. Tazirat ließ ihren Blick über die Dächer und Straßen schweifen. Sie sah den Hafen mit dem Asklepios-Tempel und die *Amphore*. Daneben lag das reiche Viertel mit den eleganten Geschäften und den gut bewachten Banken. Etwas weiter entfernt konnte man Hannibals Lager erkennen.

„Was haben die Schurken vor?", seufzte Tazirat.

Der Freund hob die Schultern. „Wir wissen nur, *wann* sie zuschlagen wollen. Aber nicht, *wo*."

„Wahrscheinlich an einem Ort, wo etwas Wertvolles gelagert wird. Sie wollen sich als Soldaten verkleidet Zutritt verschaffen", vermutete Tazirat.

„Ja, gut möglich. Aber solche Orte hat Cartagena viele", wandte Zirdan ein. „Denk nur an die Banken, die Schmuckhändler, Hannibals Lager mit der Kriegskasse oder die Büros der Geldverleiher."

Tazirat sah wieder auf die Häuser hinunter.

„Nein", sagte sie. „Es gibt nur einen einzigen Ort, der für den geplanten Anschlag infrage kommt."

Zirdan blickte sie fragend an.

Welchen Ort meint Tazirat?

Der unheimliche Gast

„Wir müssen Alarm schlagen!", rief Zirdan.

„Eigentlich schon, aber wer wird uns jetzt noch glauben?", gab Tazirat zu bedenken. „Budur ganz bestimmt nicht. Und zu Hannibal traue ich mich nicht."

Zirdan nickte betrübt. Wo Tazirat recht hatte, hatte sie recht.

„Ich muss jetzt wirklich los!", meinte er. „Vielleicht sehen wir uns heute Abend."

„Gut. Du weißt ja, wo du mich findest", erwiderte Tazirat. Und dann fügte sie hinzu: „Ich beneide dich um deine Arbeit. Elefanten würde ich auch lieber bedienen als Soldaten!" Sie winkte zum Abschied und verschwand in einer der Gassen, die zum Hafen hinabführten.

Nachdenklich erreichte Zirdan kurz darauf das Lager. Vom Posten am Tor erfuhr er, dass die Elefanten zum Äsen auf die Wiese vor den Palisaden getrieben worden waren. Zirdan lief sofort dorthin. Die Herde hatte sich um ein großes Wasserloch versammelt. Einige Tiere nahmen gerade ein Bad. Die Jungtiere machten

jede Menge Blödsinn, spritzten sich nass oder tauchten, wobei sie die Rüssel als Schnorchel benutzten. Andere suhlten sich im Schlamm. Bo stand etwas abseits und puderte seine empfindliche Elefantenhaut mit Staub ein. Das schützte ihn vor Mücken. Als er Zirdan erkannte, trompetete er laut. Der Junge lief zu ihm und gab ihm Obst, das er unterwegs aufgeklaubt hatte. Zum Dank legte der Elefant den Rüssel um Zirdans Schultern. Eine scharfe Stimme ließ Zirdan herumfahren.

„Wo hast du gesteckt?"

Zirdans Vater Hiyarbal stand urplötzlich hinter ihm und sah ungnädig auf ihn hinab.

„Ich war – mit Tazirat – äh, wir haben …", stammelte Zirdan. Es kam nicht oft vor, dass sein Vater wütend war. Aber zweifellos war das jetzt der Fall.

„Ein guter Mahout vergisst seinen Elefanten nie",

zischte Hiyarbal. „Bo hätte schon längst abgeschrubbt werden müssen!"

Zirdan senkte den Kopf. Der Vater hatte recht. Die tägliche Hautpflege war unentbehrlich. Außerdem genoss Bo die Massage mit der harten Bürste sehr.

„So wird kein fähiger Treiber aus dir", fuhr Hiyarbal fort. „Du bist zu unzuverlässig."

Die Worte trafen Zirdan wie Peitschenhiebe. Gäbe es doch diesen mysteriösen Fall mit Samel nicht! Zirdan entschuldigte sich bei seinem Vater und erzählte ihm, wie Tazirat und er Samel verfolgt hatten.

„Und nach dem, was wir dort von Samel hörten, glauben wir, dass die Täter einen Einbruch in das Lager planen", schloss Zirdan seinen Bericht.

Hiyarbal lachte. „Ins Lager? Aber das ist völlig unmöglich! Wie sollen die Kerle denn da reinkommen? Sie kennen doch die täglich wechselnde Parole nicht! Spätestens am Tor werden sie scheitern – wenn sie nicht von einem der zahlreichen Vorposten gestoppt werden, die Hannibal rings um das Lager als zusätzliche Wachen aufgestellt hat."

„Aber Samel hat –", wollte Zirdan protestieren, doch sein Vater schnitt ihm das Wort ab.

„Genug herumfantasiert. Jetzt wird gearbeitet. Schrubb endlich Bo ab!"

Während sich Zirdan um Bo kümmerte, hatte auch Tazirat alle Hände voll zu tun. Je näher der Abend rückte, umso voller wurde die *Amphore*. Das Mädchen schleppte Teller, Schüsseln und Kelche zu den Tischen. Aspasia hatte Tazirats Verspätung schweigend und mit einem eiskalten Lächeln quittiert, das Tazirat unsicher machte. Sie wusste nicht, woran sie war. War das ihr letzter Einsatz in der *Amphore*, würde sie diese Einnahmequelle verlieren? Tazirats Mutter reagierte anders. Sie faltete ihre Tochter in der Küche nach allen Regeln der Kunst zusammen. Anschließend gab sich Tazirat besonders viel Mühe. Sie flitzte durch die Schenke und hatte für jeden ein nettes Wort übrig. Von allen Seiten gab es immer wieder neue Bestellungen.

Aspasia stand die ganze Zeit über schön und unnahbar hinter dem Schanktisch. Nur bei wirklich wichtigen Gästen – hohen Beamten des Rats, reich dekorierten Offizieren oder vermögenden Händlern – kam sie hinter dem Tresen hervor und begrüßte die Prominenz persönlich. Heimlich schielte Tazirat auf die schönen Stoffe, die Aspasias schlanken Körper umschmeichelten. Und welch herrlichen Schmuck sie wieder trug – neben vielen Ringen und Armreifen auch die Goldkette mit der Mondsichel.

Am späten Abend kam ein einfach gekleideter Gast herein, den Aspasia nicht weiter beachtete. Doch Tazirat, die gerade mit einem Krug Wein auf dem Weg zu einem der Tische war, verschlug es den Atem. Der Mann war ein Numider, und er war auffallend klein. Als Tazirat den randvollen Krug auf den Tisch stellte, verschüttete sie etwas von dem Wein.

„Pass doch auf!", erschallte es hinter ihr. Aspasia, natürlich. Der entging ja nie etwas!

Tazirat nickte schuldbewusst. Gleichzeitig wirbelten die Gedanken in ihrem Kopf herum. War der kleine Numider einer von Samels Komplizen? Von der Statur her kam das hin. Andererseits war er wohl kaum der einzige kleine Numider, der sich derzeit in Cartagena aufhielt. Vermutlich sah Tazirat schon Gespenster. Dennoch beschloss sie, den Mann im Auge zu behalten.

Der Numider quetschte sich an den letzten freien Tisch in einer Ecke der Schenke. Tazirat ging auf ihn zu. Sie spürte, dass der Mann sie aufmerksam musterte. Hatte der Numider sie erkannt? Aber das war doch eigentlich unmöglich – oder?

„Was darf ich bringen?", fragte Tazirat artig.

Der späte Gast bestellte Lamm mit Gemüse, Wein und Wasser. Tazirat beeilte sich, das Gewünschte zu bringen. Als sie mit den Speisen und den Krügen das zweite Mal an den Tisch kam, schaute der Mann noch nicht einmal hoch. Tazirat atmete auf.

Der Numider ließ sich beim Essen Zeit. Tazirat beobachtete ihn unablässig. Insgeheim hoffte sie, dass er etwas tat, das ihren Verdacht erhärtete. Aber auf was wartete sie eigentlich? Darauf, dass Samel auftauchte oder die beiden anderen Männer, die sie in der Metzgerei belauscht hatten – der Dicke und der Schlaksige? Tazirat nannte sich selbst eine Närrin.

Als Tazirat einige Zeit später mit einem voll beladenen Tablett aus der Küche kam, erschrak sie. Der Stuhl des Numiders war leer! Tazirat erfuhr von Aspasia, dass der Gast soeben bezahlt hatte und gegangen war. Wohin mochte der Mann wohl gehen? Die Neugier siegte: Von Aspasia unbemerkt, schlüpfte das Mädchen zur Tür und spähte durch einen Spalt in die spärlich beleuchtete Gasse. Nichts. Mutig trat Tazirat hinaus auf die Straße. Plötzlich legte sich von hinten eine kräftige Hand um ihren Mund. Gleichzeitig wurde sie in eine dunkle Ecke gezerrt. Tazirat schlug um sich und versuchte zu schreien. Etwas Spitzes an ihrer Kehle ließ sie aber abrupt innehalten. Sie spürte die kühle Klinge eines Messers am Hals.

„So ist es gut, hör auf zu zappeln", zischte jemand in ihr Ohr. „Glaubst du denn, ich hätte nicht bemerkt, dass du mich den ganzen Abend belauert hast?"

Tazirat kamen die Tränen. Wie hatte sie sich nur so ungeschickt anstellen können?

„Ich mag es überhaupt nicht, wenn man mir nachspioniert", fuhr der Numider fort. „Und weißt du, was ich mit Leuten mache, die es trotzdem tun?" Er verstärkte den Druck der Klinge auf Tazirats Hals.

Das Mädchen schloss die Augen. Dann nahm sie ihren ganzen Mut zusammen und biss zu. Mit aller Kraft. Der Mann schrie auf und ließ das Messer fallen. Blitzschnell rammte das Mädchen dem Mann den Ellbogen in den Bauch. Mit einem Stöhnen krümmte sich der Numider zusammen, und Tazirat entkam seiner Umklammerung. Sie rannte los, stolperte, fiel auf das Pflaster, rappelte sich wieder auf und warf einen Blick über die Schulter. Der Numider hatte sich wieder gefangen und setzte ihr nach – mit dem Messer in der Hand! Tazirat schrie um Hilfe. In diesem Moment kamen zwei Gäste aus der Schenke.

„Der Kerl will mich umbringen!", rief Tazirat und deutete auf den Numider, der sie schon fast eingeholt hatte. Ihr Verfolger blieb stehen und schien zu überlegen. Dann schob er das Messer in die Scheide, machte auf dem Absatz kehrt und rannte zu einem Pferd.

„Haltet ihn auf!", schrie Tazirat die beiden anderen Männer an.

Doch die standen nur unschlüssig herum.

Zu viel vom guten Rotwein, vermutete Tazirat wütend.

Der Numider rammte seinem Pferd die Fersen in die Seiten. Im Galopp stoben Ross und Reiter die Straße hinunter, die zu Hannibals Lager führte. Ohne die beiden Männer eines Blickes zu würdigen, ging Tazirat an ihnen vorbei zurück in die *Amphore*. Die

Schenke hatte sich inzwischen merklich geleert. Tazirat fragte Aspasia, ob sie Feierabend machen durfte. Zu ihrer Überraschung nickte die Wirtin gnädig. Tazirat lief zu ihrer Mutter, die mit dem Abwasch beschäftigt war. Konnte sich Tazirat der Mutter anvertrauen? Aber die regte sich immer so schnell auf, und schließlich war ja nichts passiert. Tazirat entschied, ihre Mutter nicht unnötig zu beunruhigen. Aber Zirdan musste sie unbedingt noch sprechen! Und zwar möglichst bald!

Es war bereits nach Mitternacht, als Tazirat aus dem kleinen Haus der Eltern schlich und durch die dunklen Gassen zu Zirdan lief. Sie weckte ihn mit einem gut gezielten Kieselsteinwurf an die hölzernen Schlagläden. Zirdans verwuschelter Kopf erschien. Gähnend ließ Zirdan die Freundin ins Haus und führte sie in die Küche. Sie setzten sich an einen Tisch, dessen Platte mit Mehl bestäubt war.

„Ich hoffe, du hast einen guten Grund, mich um diese Zeit zu wecken", murmelte er verschlafen.

„Klar", entgegnete Tazirat. Ihre Augen blitzten. Dann erzählte sie Zirdan von ihrer gefährlichen Begegnung vor der *Amphore*.

„Und du sagst, der Kerl sei zum Lager geritten?", fragte Zirdan, als Tazirat geendet hatte. Er war jetzt wieder hellwach.

„Ja. Dieser Weg führt genau dorthin."

„Aber er wird nicht ins Lager hineingekommen sein. Er kennt die Parole nicht. Und denk doch nur an die vielen Vorposten. Die halten einen nächtlichen Reiter garantiert auf."

„Mag sein. Aber wo ist er dann hin? Er kann sich ja nicht in Luft auflösen", entgegnete Tazirat. „Irgendwo muss er sich verkrochen haben!"

Nachdenklich zeichnete Zirdan mit dem Zeigefinger einen groben Plan der Stadt und des Lagers in das Mehl.

„Hier ist der Hafen, hier die *Amphore* und hier die Straße zum Lager", erklärte er dabei. Er malte einen Pfeil, um die Fluchtrichtung des Täters zu verdeutlichen.

„Er kommt dann unweigerlich zu dieser Kreuzung", fuhr Zirdan fort und zeichnete sie in das Mehl. „Und dort hat er drei Möglichkeiten. Rechts geht es zum Meer, links zur Weide der Elefanten und geradeaus direkt ins Lager."

Einige kleinere Striche folgten. „Das sind noch ein paar Pfade, die in den Wald und die Wolfsschlucht führen", verdeutlichte er. Dann malte er Kreuze auf die Wege, die die Vorposten markierten.

„Na wunderbar", sagte Tazirat erleichtert. „Dann muss der Mistkerl den Posten ja direkt in die Arme gelaufen sein!"

Zirdan betrachtete seine Karte im Mehl. „Nicht unbedingt. Ich fürchte, es gibt doch ein Schlupfloch."

Welches Schlupfloch meint Zirdan?

# In der Wolfsschlucht

Als Zirdan am nächsten Tag seinen Vater im Stall fragte, ob er in der Mittagszeit ein wenig mit Tazirat spielen dürfte, schaute Hiyarbal ihn misstrauisch an: „Spielen? Ihr führt doch etwas im Schilde, oder? Vermutlich habt ihr wieder eine neue Verschwörungstheorie oder so etwas." Er rammte die Forke ins Heu. „Samel hat ein paar Uniformen geklaut, mehr nicht. Vergesst die Sache, sonst wirst du noch zum Gespött des ganzen Lagers", riet er.

Aber Zirdan ließ nicht locker. Und schließlich gab der Vater nach. Zirdan durfte sich aus dem Staub machen, nachdem er Bo frisches Heu gebracht hatte. So schnell er konnte, lief Zirdan zur Schlucht.

Gespött des Lagers. Das wurmte Zirdan gewaltig. Lachte man hinter vorgehaltener Hand wirklich über ihn? Es wurde Zeit, dass Tazirat und er endlich einen Beweis für ihren Verdacht fanden, dass hinter dem Diebstahl der Uniformen mehr steckte, als die anderen vermuteten. Dann würden die Spötter verstummen, allen voran der hochmütige Budur! Vielleicht würden sie den Beweis ja heute finden.

Beim Gedanken an die unwegsame Schlucht wurde Zirdan allerdings ein wenig mulmig. Dieses Gebiet betrat niemand freiwillig. Das lag zum einen an dem reißenden Fluss, der sich durch die Schlucht zwängte, und zum anderen an den Wolfsrudeln, die dort immer wieder gesehen wurden. Mehrfach hatten die Wölfe Schafe gerissen, einmal sogar einen Hund zerfleischt.

Hielten sich Samel und seine Männer wirklich dort auf? Immerhin: Einen guten Schutz vor neugierigen Blicken bot das Areal mit Sicherheit. Zudem lag es in der Nähe des Lagers.

Zum wiederholten Male fragte sich Zirdan, was die Täter dort wollten. Die Kriegskasse? Waffen? Oder wollten sie das Tor für feindliche Truppen öffnen? Bei dieser Vorstellung fröstelte es Zirdan. Lag irgendwo eine fremde Armee in den Wäldern, bereit zum Zuschlagen? Wartete sie nur auf ein verabredetes Signal von Samel? Bedrückt ging Zirdan weiter.

Tazirat wartete bereits unter dem uralten Olivenbaum, an dem sie sich verabredet hatten. Zirdan erzählte ihr von den mahnenden Worten des Vaters.

„Die werden sich noch wundern", meinte Tazirat kämpferisch. „Und es vielleicht bereuen, dass sie uns nicht früher ernst genommen haben."

Schweigend marschierten sie los. Als sie die Schlucht fast erreicht hatten, bemerkten sie plötzlich in einiger Entfernung vier Pferde, die unter einem Baum standen und friedlich grasten. Die beiden Freunde sahen sich an. Das konnte nur bedeuten, dass sich die Täter tatsächlich in der Nähe der Schlucht aufhielten. Wer sonst sollte seine Pferde in diesem unwegsamen Gelände allein lassen?

Wenig später tauchte die Felskante vor ihnen auf. Zirdan und Tazirat legten sich auf den Bauch und schauten in die Schlucht hinunter. Unten, weit unten, schäumte der Fluss. Wütend schlug das Wasser gegen die Steine. An manchen Stellen öffneten sich Höhlen.

„Wie sollen wir da bloß runterkommen?", fragte Tazirat.

„Klettern", erwiderte Zirdan, als wäre es das Leichteste der Welt. Langsam ließ er sich bäuchlings und mit den Füßen voran über den Rand gleiten, bis seine Füße auf einem schmalen Felsvorsprung Halt fanden. Ungeduldig sah er Tazirat an. „Worauf wartest du noch?"

„Bin ich etwa eine Bergziege?", antwortete sie und versuchte, ihre Angst vor Zirdan zu verbergen. Zögernd folgte sie Zirdan, der sich zügig nach unten vorarbeitete. Tazirat trat auf die winzige Felsnase, auf der gerade noch Zirdan gestanden hatte. Plötz-

lich löste sich der Felsvorsprung aus der Wand und riss weiteres Geröll mit sich in die Tiefe. Geistesgegenwärtig packte Tazirat den dürren Stamm einer verkrüppelten Kiefer und hielt sich daran fest. Sie atmete ein paar Mal tief durch. Mein Gott, war das steil! Unter sich hörte sie das Grollen der Wassermassen. Wie die Strudel unten im Fluss begann sich mit einem Mal alles um Tazirat zu drehen.

Nicht hinuntersehen!, befahl Tazirat sich selbst. Weiterklettern, Stück für Stück. Langsam folgte sie Zirdan. Nach kurzer Zeit erreichten sie einen schmalen Klettersteig, der Tieren dazu dienen mochte, in die Schlucht zu gelangen. Über diesen Weg gelangten die Kinder schließlich zum Fluss.

„War doch halb so wild, oder?", schrie Zirdan, um das Tosen des Flusses zu übertönen.

Tazirat lächelte schwach. „Klar, war echt toll! Ich liebe Bergtouren!"

Zirdan deutete flussabwärts. „Vielleicht haben sich die Kerle in einer der Höhlen verkrochen."

Sie folgten dem Lauf des Flusses, indem sie von Stein zu Stein sprangen. Dabei mussten sie Acht geben, nicht auf den nassen Felsen auszugleiten, ins Wasser zu fallen und von den Fluten mitgerissen zu werden.

In der Nähe eines Wasserfalls stießen sie auf den Eingang zu einer Höhle, ein finsteres Loch mit einem flachen, grob kieseligen Uferstreifen davor, auf dem ein paar Bäume standen. Tazirat deutete auf eine Stelle am Ufer. Dort lag verkohltes Holz. Es musste sich um die Reste einer Feuerstelle handeln! Zirdan nickte anerkennend. Dann schlichen die beiden zum Eingang der Höhle und spähten vorsichtig in das dunkle Innere. Niemand war dort zu sehen.

„Lass uns reingehen", meinte Zirdan leise.

Tazirat grinste und flüsterte: „Erst die Parole!"

Zirdan stutzte. Dann grinste auch er. „Morgenröte. Die Parole heißt heute wirklich so. Wer sich das wohl wieder ausgedacht hat ..."

Gemeinsam betraten sie die Höhle. Dort war es kühl und feucht. An vielen Stellen lief Wasser an den Wänden herab. Der Boden war mit Pfützen übersät und rutschig. Je weiter Zirdan und Tazirat in die Höhle vordrangen, desto schwächer wurde das Brausen des Flusses. Die Lichtverhältnisse wurden immer schlechter. Die Höhle hatte die Form eines Trichters, und die Freunde liefen auf das schmale Ende zu. Zirdan ging voran. Plötzlich stoppte er abrupt.

„Vorsicht, hier ist eine Spalte im Felsen", sagte er. Direkt vor ihm tat sich der Boden auf. Die Spalte war einige Fuß breit und im Halbdunkel kaum zu sehen. Der Junge kniete sich hin.

„Es sieht so aus, als ginge es da ein ganzes Stück runter", berichtete er. „Aber hier hat jemand ein Brett hingelegt." Er stand auf und balancierte darüber hinweg. Tazirat tat es ihm gleich.

„He, schau mal: Ist das da vorn nicht der Schein einer Fackel?", wisperte sie kurz darauf.

„Stimmt", meinte Zirdan.

„Ich habe eben die besseren Augen von uns beiden", stichelte Tazirat und boxte ihren Freund in die Seite. Dann wurde sie wieder ernst. „Das werden Samel und seine Komplizen sein. Wir haben ihren Unterschlupf aufgespürt!"

Vorsichtig tasteten sich die Kinder voran. Zuerst nur undeutlich, dann aber immer klarer, vernahmen sie Stimmen, die aus dem hinteren Teil der Höhle kamen. Auch ein Lachen war zu hören. Es hallte von den Wänden der Höhle wider. Und dann sahen Zirdan und Tazirat die vier Männer. Samel, der Riese, hockte im Schein der Fackel und zählte Münzen. Drei Numider, ein Dicker, ein Schlaksiger und der Kleine, der Tazirat mit dem Messer bedroht hatte, waren gerade dabei, karthagische Uniformen anzulegen.

Die Kinder zogen sich wieder zurück. Als sie sich außer Hörweite wähnten, sagte Zirdan leise: „Wenn wir Hilfe holen, sind die Mistkerle womöglich wieder verschwunden."

„Und wir wären erneut blamiert", ergänzte Tazirat. „Nein, diesmal müssen wir anders vorgehen. Die Herrschaften dürfen gar nicht mehr aus der Höhle herauskommen."

„Was hast du vor?"

„Ihnen eine Falle stellen", grinste Tazirat. „Eine richtig schöne Falle!" Sie weihte Zirdan in ihren Plan ein.

Kurz darauf schleppten die Kinder vom Flussufer dünne Äste heran. Diese tauschten sie gegen das Brett über der Spalte aus, in die sie vorhin fast gestürzt wären. Im Halbdunkel war die Falle perfekt getarnt.

„Jetzt müssen wir die Kerle nur noch hierherlocken", meinte Tazirat zufrieden.

„Nichts leichter als das", erwiderte Zirdan. „Das übernehme ich!" Er sprang über die Spalte und flitzte zum Lagerplatz der vier Männer. Dort baute er sich breitbeinig auf und brüllte: „Habe ich dich endlich gefunden, Samel, du elender Verräter!"

Samel schreckte hoch. Doch als er den Jungen erkannte, grinste er. „Was willst du Krümel denn hier? Kommt, Jungs, den schnappen wir uns!" Samel zog sein Schwert. Die Numider folgten seinem Beispiel. Dann stürmten sie auf Zirdan zu. Der ließ sie ein Stück herankommen. Erst im letzten Moment drehte er sich um und rannte zu Tazirat zurück. Hinter sich hörte er die Männer keuchen.

Hoffentlich geht das gut, dachte Zirdan. Wenn die mich kriegen, machen sie Hackfleisch aus mir!

Schemenhaft erkannte er Tazirat. Dort musste der Spalt im Boden sein! Ohne lange darüber nachzudenken, sprang Zirdan mit einem großen Satz über die Äste. Bei der Landung stolperte er, fiel hin, rappelte sich aber blitzschnell wieder auf. Als er sich umdrehte, sah er gerade noch, wie die vier Männer mit hoch erhobenen Schwertern durch die dünnen Äste der Falle brachen. Schreie und wilde Flüche ertönten.

Vorsichtig gingen Tazirat und Zirdan an die Falle heran und spähten hinein. Die vier Männer rieben sich mit schmerzverzerrten Gesichtern Köpfe und Rücken, hatten den Sturz aber offenbar unverletzt überstanden. Samel versuchte, sich an der Wand hochzuziehen – ohne Erfolg.

„Vergesst es!", sagte Tazirat und lachte. „Hannibals Soldaten werden euch aber gleich helfen."

Samel war außer sich vor Wut. „Holt uns sofort hier raus!", brüllte er. Doch die Kinder beachteten ihn nicht. Sie verließen die Höhle, um die Wachen zu benachrichtigen.

Zehn Soldaten unter dem Kommando von Budur kletterten kurz darauf in die Wolfsschlucht und holten die vier Diebe aus der Falle.

„Jetzt ist der Fall geklärt. Und das war unser Verdienst", meinte Tazirat stolz, als die vier gefesselt aus der Höhle geführt worden waren.

„War ja fast ein bisschen viel Aufwand, um ein paar Kleiderdiebe zu schnappen", brummte Budur missmutig.

Zirdan wurde wütend. „Kleiderdiebe? Die Kerle hatten etwas ganz anderes vor. Sie wollten sich Zutritt ins Lager verschaffen, um irgendetwas zu rauben. Oder um feindlichen Truppen den Weg zu ebnen!"

Budur winkte ab. „Mach dich nicht lächerlich."

„Das ist nicht lächerlich! Ihr müsst Samel doch wenigstens verhören!"

„Ja, ja, vielleicht später im Lager", erwiderte Budur und gähnte. „Wenn Hannibal es wünscht."

In diesem Moment trat ein Soldat heran und fragte Budur: „Sollen wir die Kerle durchsuchen?"

Budur zuckte mit den Schultern: „Nur zu." Er wandte sich ab. Man sah ihm deutlich an, dass er der Durchsuchung keine Bedeutung beimaß.

Die Soldaten durchwühlten die Kituns und Uniformen der Männer. Bei dem kleinen Numider fanden sie einen Dolch, den dieser sich an den Oberschenkel geschnallt hatte. Unbemerkt von den Soldaten fielen aus Samels Umhang viele kleine Papyrusfetzen. Zirdan bückte sich und hob sie auf.

„Außer dem Dolch haben wir nichts gefunden", meldete einer der Soldaten.

„Schafft die Diebe ins Lager", befahl Budur. „Dann sehen wir weiter." Ohne ein Wort des Grußes oder Dankes machte sich Budur mit seinen Soldaten und den Gefangenen auf den Rückweg aus der Schlucht. Enttäuscht blieben die Kinder am Flussufer zurück.

„Was für ein überheblicher Mensch!", schimpfte Zirdan.

„Lass dich nicht ärgern", tröstete Tazirat ihren Freund. „Dein Vater wird bestimmt stolz auf dich sein."

„Hoffentlich", meinte Zirdan betrübt. „Aber leider haben wir immer noch keinen Beweis dafür, dass

Samel nicht nur ein normaler Dieb ist." Er beugte sich über die Papyrusfetzen aus Samels Kitun und versuchte, sie zusammenzufügen. Plötzlich stieß er einen Schrei aus.

„Von wegen!", rief er bestürzt. „Schau dir doch mal den Papyrus an!"

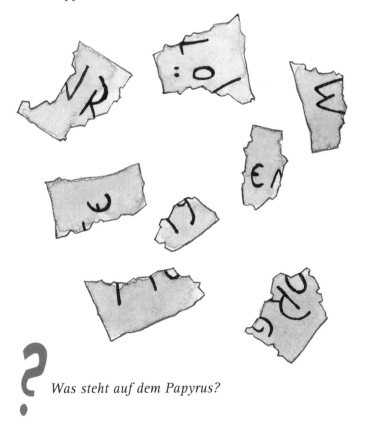

Was steht auf dem Papyrus?

Bo greift ein

„Das gibt es doch nicht! Woher hat Samel den Zettel mit der Parole des Tages?", fragte Tazirat fassungslos.

Zirdan ballte die Fäuste. „Darauf gibt es nur eine Antwort: Es muss einen weiteren Verräter im Lager geben!"

„Also ist der Fall noch keineswegs gelöst", stöhnte Tazirat.

„Du sagst es. Aber jetzt haben wir wenigstens einen Beweis, dass mehr hinter der Sache steckt als nur ein gewöhnlicher Diebstahl." Zirdan steckte die Papyrusfetzen sorgfältig in seine Tasche. „Es handelt sich um eine Verschwörung!"

„Wir dürfen keine Zeit verlieren", mahnte Tazirat. „Mit diesem eindeutigen Beweis wird man uns endlich glauben."

Vor den Toren des Heerlagers trafen die Kinder auf Hiyarbal und die anderen Mahouts, die die Elefanten gerade von der Weide zurück zu den Stallungen trieben. Aufgeregt berichtete Zirdan seinem Vater die Neuigkeiten.

„Am besten gehst du gleich zu Budur oder Hiran", riet Hiyarbal. „Ich werde euch begleiten."

Zirdan übernahm die Führung von Bo. Tazirat sah ihm voller Bewunderung zu.

Hiran und Budur waren auf dem Exerzierplatz. Qadhir und die anderen Rekruten trainierten wieder einmal mit ihren Schleudern.

Als Zirdan und Tazirat mit Hiyarbal und Bo herankamen, fragte Budur gerade spöttisch: „Meinst du, Hiran, dass aus diesen Mädchen irgendwann mal richtige Soldaten werden?"

„Mädchen halten viel mehr aus als manche Männer!", meinte Tazirat keck.

Budur starrte sie an. Sein Gesicht wurde rot, dann violett.

„Was bildest du dir eigentlich ein?", platzte es plötzlich aus ihm heraus. „Du hast es hier mit dem höchsten Wachoffizier zu tun! Ich werde dir jetzt mal Manieren beibringen!" Er packte Tazirat am Kragen ihres Kituns und holte aus, um ihr eine schallende Ohrfeige zu geben.

Ein kräftiger Arm hielt ihn zurück.

„Ganz ruhig, Budur. Du willst dich doch wohl nicht an einem Kind vergreifen?", bremste ihn Hiran.

Budur schnaubte verächtlich, ließ Tazirat aber los.

„Der Verfall der Disziplin ist allgegenwärtig", meinte er wütend. „Das geht bei diesen Blagen los und hört bei deinen ungehorsamen wie ungeschickten Rekruten nicht auf. Und jetzt stampft hier auch noch ein ausgewachsener Elefant über den Exerzierplatz! Wenn das so weitergeht, wird es für die Römer ein Leichtes sein, uns zu vernichten!"

Bo begann, hinter Budur Grasbüschel abzuzupfen.

„Das mit der Niederlage gegen die Römer könnte stimmen", wagte sich Zirdan vor. „Jedenfalls dann, wenn wir nicht rasch eine Gruppe von Verrätern zerschlagen, die unser Lager bedroht!"

Hiran sah ihn überrascht an. „Verräter – was redest du da?"

Die Kinder breiteten die Papyrusfetzen vor Hiran auf dem Boden aus und legten sie richtig zusammen. „Diese Schnipsel hatte einer der Täter, die heute in der Wolfsschlucht verhaftet wurden, dabei."

Hiran untersuchte das Schriftstück mit gerunzelter Stirn.

„Das ist eine ernste Sache. Leider sogar richtig ernst. Ich fürchte, wir müssen Hannibal sofort Meldung machen", meinte der Ausbilder schließlich.

„Unsinn, lass dich doch nicht von diesen neunmalklugen Gören verrückt machen!", polterte Budur. „Die haben schon mehrfach bewiesen, dass sie über eine blühende Fantasie verfügen!"

„Der Papyrus hier ist kein Produkt der Fantasie", widersprach Hiran. Er warf einen Blick auf seine Rekrutengruppe und schnauzte Qadhir an: „Hat jemand was von Pause gesagt? Ihr übt gefälligst weiter, bis ich von Hannibal zurück bin!"

„Mach dich nicht lächerlich", meinte Budur. „Hannibal wird dich verspotten."

„Das glaube ich nicht. Ich halte es für meine Pflicht, dem Feldherrn Meldung zu machen. Außerdem: Was kümmert es dich? Wieso bist du plötzlich so besorgt um mein Ansehen?"

Budur legte Hiran einen Arm um die Schultern. „Wir sind doch Freunde. Und deshalb will ich verhindern, dass man über dich lacht."

Hiran wurde nachdenklich.

„Du musst Hannibal alarmieren!", rief Tazirat. „Sonst werden Zirdan und ich es tun!"

„Freches Pack!", fuhr Budur sie an. „Was habt ihr schon in der Hand? Ein paar Schnipsel, die man bei Samel fand – na und?"

Zirdan glaubte, sich verhört zu haben. „Bei Samel? Woher weißt du denn das? Du hast doch gar nicht gesehen, dass der Papyrus bei der Durchsuchung der Täter aus Samels Umhang fiel! Du hast dich abgewendet, als würde dich das alles nicht die Bohne interessieren!"

„Richtig!", pflichtete Tazirat ihrem Freund bei. „Dann kannst nur du der Verräter sein, Budur!"

Budur grinste unsicher und sah Hiran an. „Du wirst den beiden Gören doch wohl nicht glauben, Hiran."

Hiran machte einen Schritt zurück. Seine rechte Hand lag auf dem Knauf seines Schwertes. „Ich weiß allmählich überhaupt nicht mehr, was ich glauben soll! Aber ich werde jetzt zu Hannibal gehen!"

„Das wirst du nicht!", schrie Budur. Er sprang auf Hiran zu und versetzte ihm einen Faustschlag ans Kinn, sodass der Ausbilder zu Boden ging und benommen liegen blieb. Im selben Augenblick packte

Budur Hiyarbal am Arm, riss ihn zu sich und legte ihm sein Schwert an den Hals. Zirdan machte einen Schritt auf den Verräter zu.

„Halt, bleib stehen!", zischte Budur. „Oder ich werde Hiyarbal töten! Verschwindet! Alle!" Er blickte sich gehetzt um. Die Rekruten beobachteten die Szene, wagten aber nicht einzugreifen. Auch Hiran, der sich wieder aufgerappelt hatte, unternahm lieber nichts. Hiyarbal blieb erstaunlich ruhig. Unruhig dagegen wurde Bo, der nach wie vor hinter Budur stand. Er schlug heftig mit den Ohren, wohl weil er erkannt hatte, dass sein Mahout bedroht wurde. Und in Bos Welt gehörte Hiyarbal zur Herde und musste beschützt werden. Der Elefant sah über Budur hinweg zu Zirdan, als warte er auf ein Zeichen. Dem Jungen kam eine Idee.

„Ich werde jetzt mit Hiyarbal zu meinem Pferd gehen und mit ihm aus dem Lager reiten", sagte Budur mit lauter Stimme. „Und niemand wird mich aufhalten, ist das klar?"

Zirdan hob den Arm und rief zu Bo: „Hoch!"

Bo gehorchte: Er legte seinen kräftigen Rüssel um Budurs Taille. Überrumpelt ließ der Offizier Hiyarbal los und wurde von Bo in die Höhe gehoben.

„Stoppt das Vieh!", brüllte Budur voller Panik.

Zirdan grinste. „Zu Befehl", sagte er und gab Bo das Kommando: „Ab!"

Der Verräter landete unsanft auf dem Boden. Das Schwert glitt ihm aus den Händen.

In diesem Moment schrie Hiran seine Rekruten an: „Schnappt den Kerl, auf geht's! Das ist ein Befehl!"

Und die Rekruten gehorchten. Der Offizier schlug wild um sich, aber er hatte keine Chance gegen die Übermacht. Schließlich stand er mit zerfetzter Uniform vor seinen Widersachern.

Hiyarbal klopfte Zirdan auf die Schulter. „Toll gemacht. Du hast doch das Zeug zu einem guten Mahout."

„Ruhe! Was ist hier los?", ertönte in diesem Moment eine schneidende Stimme.

Tazirat, Zirdan und die anderen fuhren herum. Hannibal näherte sich mit großen Schritten, begleitet von seiner Leibgarde. Offenbar hatte ihn jemand alarmiert. Hannibals Blick fiel auf Tazirat und Zirdan: „Und ihr zwei steckt schon wieder mittendrin?"

Die Freunde sahen zu Boden.

Hiran grüßte, indem er die rechte Faust auf die Brust legte.

„Die Kinder haben eine Verschwörung vereitelt", meldete er mit fester Stimme. „Budur hat die geheime Tagesparole an Samel verraten."

Hannibal wandte sich an Budur. „An Samel, den Dieb? Ist das wahr, Budur?"

Budur sah den Feldherrn mit zusammengekniffenen Lippen an. Langsam nickte er.

Hannibal begann, vor Budur auf und ab zu gehen. „Warum, was hattet ihr vor?"

Budur schwieg.

„Die drei Numider wollten als Soldaten verkleidet ins Lager eindringen", erklärte Zirdan. „Samel spähte karthagische Soldaten aus, die in etwa die Körpermaße der Numider hatten."

„Und dann haben die Kerle Qadhir und die beiden

anderen Soldaten vor der *Amphore* überfallen und beraubt", ergänzte Tazirat.

Hannibal blieb stehen. „Aber Samel hätte die Uniformen doch hier im Lager stehlen können. Das wäre viel einfacher gewesen."

„Einfacher vielleicht, aber aus Sicht der Täter auch riskanter", wagte Tazirat zu widersprechen. „Die Kerle wollten erreichen, dass der Überfall auf Qadhir und die anderen aussah wie ein normaler Raub. Niemand sollte ahnen, dass es die Täter in Wirklichkeit nur auf die Uniformen abgesehen hatten."

Der Feldherr nickte anerkennend. „Das leuchtet mir ein. Dann hatte Budur offensichtlich die Aufgabe, nach der Flucht von Samel aus dem Lager die Parole zu verraten. Aber wir wissen immer noch nicht, was die Verräter im Lager planten." Er stellte sich direkt vor Budur und sah ihn an. „Rede!"

Aber Budur schwieg weiterhin.

Hannibal riss ihm einen prall gefüllten Beutel vom Gürtel und schüttete den Inhalt aus. Goldmünzen regneten zu Boden.

„Viel Geld für einen Offizier. Zu viel. Ist das der Lohn für deinen Verrat, Budur?", fragte Hannibal.

Budur sah dem Feldherrn in die Augen und lächelte viel sagend.

Hannibals Stimme wurde schärfer. „Von wem hast du das viele Gold? In wessen Auftrag hast du gehandelt?"

Wieder grinste Budur.

Hannibal wandte sich ab. „Wir werden herausfinden, wer deine Hintermänner sind, Budur. Darauf kannst du dich verlassen." Er gab Hiran ein Zeichen und befahl: „Führt den Kerl ab!"

Plötzlich rief Tazirat: „Halt, einen Moment noch!" Sie starrte Budur entgeistert an. „Ich glaube, ich weiß, wer Budur bezahlt hat!"

Was hat Tazirat entdeckt?

Ein letzter Trick

„Ja, sie war es!", stieß Budur hervor. „Aspasia steckt hinter allem! Sie hat mich mit dem Gold und der Kette bezahlt."

„Es freut mich, dass du deine Sprache wiedergefunden hast", sagte Hannibal und lächelte. „Und nun wirst du uns auch verraten, was ihr vorhattet. Wolltet ihr die Kriegskasse rauben?"

Budur starrte den Feldherrn feindselig an. „O nein. Wir handelten im Auftrag Roms. Aspasia ist eine Spionin. Die Römer haben sie dir sozusagen mitten ins Nest gesetzt. Aspasia meldete Rom, dass du ein gewaltiges Heer in Cartagena zusammenziehst und über den Ebro auf die Pyrenäen vorrücken willst. Der römische Senat beschloss, dass man dich, Hannibal, ausschalten solle. Aspasia heuerte drei professionelle Mörder aus Numidien an. Die Männer kamen mit dem Schiff nach Cartagena. Samel, den Aspasia inzwischen ebenfalls engagiert hatte, nahm die Numider in Empfang und versteckte sie. Zuerst in der Metzgerei seines Bruders, später in der Wolfsschlucht. Samel kümmerte sich schließlich auch um die Beschaffung der Uniformen."

Tazirat glaubte ihren Ohren nicht zu trauen. Die schöne und geheimnisvolle Aspasia war also eine römische Agentin? Unfassbar! Auch Hannibal schien betroffen.

„Warum hast du das getan, Budur?", fragte er. „Wieso hat sich mein oberster Wachoffizier gegen mich verschworen?"

Budur schaute auf den Boden. „Ich habe viel Geld beim Würfeln verloren. Mein Sold reichte bei Weitem nicht aus, die Schulden zu begleichen."

Hannibal nickte Hiran zu. „Lass Budur abführen. Ich will ihn nicht mehr sehen. Und dann fangt dieses Weib Aspasia!"

Mit dem Befehl an Hiyarbal, Bo vom Exerzierplatz zu verbannen, und einem Dank an Tazirat und Zirdan verließ Hannibal mit seiner Leibgarde den Exerzierplatz.

Hiran stellte sofort eine Patrouille mit seinen besten Reitern zusammen. Sie bestand aus Bogenschützen und Schwertträgern.

„Komm, wir reiten mit!", flüsterte Zirdan seiner Freundin zu. Schon war er losgeflitzt und kam mit zwei kleineren Pferden zurück.

„Wie hast du das gemacht?", fragte Tazirat begeistert.

„Der Stallknecht ist ein Freund meines Vaters. Und jetzt komm! Die Soldaten reiten schon los!"

Die Patrouille hatte bereits das Tor erreicht. Die Kinder folgten im gebührenden Abstand. Vor dem Lager befahl Hiran Galopp, und die Reiter stoben in einer Staubwolke davon. Zirdan und Tazirat konnten bei diesem Tempo nicht mithalten, und so erreichten die Freunde die *Amphore* kurze Zeit nach dem Trupp. Die Soldaten waren bereits dabei, in die Schenke einzudringen. Zirdan und Tazirat schlüpften hinterher.

In der Schenke herrschte wie üblich reger Betrieb.

„Wo ist sie?", brüllte Hiran.

Tazirats Mutter steckte ihre Nase aus der Küche. „Wo ist wer?"

Tazirat musste sich ein Grinsen verkneifen.

„Aspasia!", rief Hiran. „Wer denn sonst?"

„Keine Ahnung", erwiderte Tazirats Mutter. „Aber jetzt seid so freundlich, und macht nicht so viel Lärm. Ihr verschreckt uns die Gäste."

Hiran drehte sich zu seinen Männern um. „Durchsucht das Haus!"

Tazirat gab Zirdan einen Wink. „Lass uns mal oben nachsehen. Dort hat Aspasia ihre Privatgemächer."

Die beiden schlichen hinauf, während unten die Soldaten die Schenke auf den Kopf stellten. Am Ende der Treppe gelangten die Kinder in eine Halle, die mit griechischen und römischen Statuen geschmückt war. Tazirat und Zirdan lauschten. Nichts.

Leise schritten sie über ein aufwendiges Fußbodenmosaik und betraten ein Speisezimmer mit drei Liegen und einem großen runden Tisch. Ein fein gearbeiteter Silberkelch stand darauf und Schalen mit Hähnchen, Gemüse und Brot. Tazirat berührte eine der Schalen. Sie war noch warm.

„Hier hatte es jemand sehr eilig, das Mahl zu beenden", wisperte sie Zirdan ins Ohr.

Er nickte. „Weit kann sie noch nicht sein." Plötzlich hörten sie draußen ein Pferd wiehern. Rasch liefen die Freunde zum Fenster, das sich oberhalb der Stallungen befand. Eine Gestalt, verhüllt von einem langen, eleganten Umhang mit Kapuze, stieg gerade auf einen stattlichen Rappen.

„Das muss Aspasia sein!", rief Tazirat. „Es ist ihr Pferd! Und auch diesen Umhang trägt sie oft!"

Der Rappe bäumte sich auf und galoppierte dann in rasender Geschwindigkeit vom Hof. Die Kinder rannten die Treppen hinunter und alarmierten Hiran. Sofort setzten die Soldaten der Frau nach. Zirdan und Tazirat schwangen sich auf ihre Pferde und folgten ihnen, so schnell sie konnten.

Die Reiterin schlug den Weg zum Meer ein. Rücksichtslos trieb sie ihr Pferd durch das Gedränge am Hafen. Sie war eine hervorragende Reiterin, und die Verfolger hatten größte Mühe, sie nicht aus den Augen zu verlieren. Sie ließen das Gassengewirr im Hafen hinter sich und erreichten die relativ breite Hauptstraße.

„Halt, hier haben wir freies Schussfeld!", brüllte Hiran. Und dann befahl er den Bogenschützen: „Legt an!"

Tazirat schloss die Augen. Vielleicht war Aspasia eine Verräterin, aber ein solches Ende wünschte sie ihr nicht.

Hiran gab den Befehl zum Schießen. Ein Schwarm von Pfeilen flog der Reiterin hinterher, verfehlte sie aber knapp.

Hiran wollte den Schützen gerade befehlen, ein weiteres Mal zu schießen, als die Reiterin ihr Pferd anhielt. Langsam ließ sie es umdrehen und ritt gemächlich auf die Soldaten zu.

„Das ist ja gar nicht Aspasia", rief Zirdan erstaunt.

„Was?" Tazirat öffnete ungläubig die Augen. Zirdan hatte recht. Die Frau, die sich ihnen näherte, ähnelte Aspasia von der Statur her – aber das war auch die einzige Gemeinsamkeit. Tazirat erkannte in ihr eine von Aspasias Sklavinnen.

„Ich bin wohl nicht die, für die ihr mich haltet", sagte die Sklavin stolz zu Hiran.

„Du sagst es. Was fällt dir ein, uns mit Aspasias Pferd und Umhang zum Narren zu halten?", fragte Hiran zornig.

Die Sklavin lächelte. „Aspasia hat es mir befohlen. Und gerade du, Soldat, solltest wissen, dass man Befehle zu befolgen hat."

„Belehre mich nicht, Sklavin", erwiderte Hiran hochmütig. Er hatte sichtlich Mühe, seine Wut zu unterdrücken. „Wie ist sie entkommen?"

„Aspasia saß gerade beim Essen, als sie euch nahen hörte", berichtete die Sklavin. „Aspasia handelte blitzschnell. Sie floh auf einem Schimmel in die Wälder. Mir gab sie ihren Umhang und trug mir auf, mit ihrem Rappen genau in die andere Richtung zu reiten."

„So hat sie uns auf eine falsche Fährte gelockt", sagte Tazirat nicht ohne Bewunderung.

„Und Aspasia ist in die Wälder geflohen?", fragte Hiran nach.

Die Sklavin lächelte. „So sagte es meine Herrin jedenfalls ..."

Mürrisch befahl Hiran seinen Männern, zu den Wäldern zu reiten.

„Willst du ihnen folgen?", fragte Tazirat ihren Freund.

Zirdan schüttelte den Kopf. „Das hat wohl wenig Sinn."

„Glaube ich auch. Vermutlich ist Aspasia längst

auf einem Schiff nach Rom unterwegs", antwortete das Mädchen. „Und ich werde mir eine neue Arbeit suchen müssen, fürchte ich. Die *Amphore* wird ja wohl geschlossen."

Zirdan grinste. „Ich wüsste da vielleicht etwas für dich. Das hat auch mit Essen und Trinken zu tun."

„Spielen bei dieser Arbeit womöglich Elefanten eine Rolle?", fragte Tazirat hoffnungsvoll.

„Du hast es erfasst. Ich werde meinen Vater fragen. Er hat bestimmt nichts dagegen einzuwenden. Wir können schließlich jede Hilfe gut gebrauchen!"

Begeistert fiel Tazirat ihrem Freund um den Hals.

Lösungen

Der Hinterhalt
Tazirat hat bemerkt, dass die Opfer des Überfalls noch ihre Wertgegenstände (Geld, Ring) besitzen. Also waren die Täter offenbar ausschließlich auf die Uniformen der Männer aus – sehr ungewöhnlich für normale Diebe.

Das geheimnisvolle Schiff
Zirdan hat die Uniformen entdeckt, die den Soldaten gestohlen wurden.

Ein Satz zu viel ...
Samel gehört zu den Tätern. Er sprach davon, dass die Patrouille keine Numider entdecken konnte. Dass es sich bei den Tätern um Numider handelt, kann Samel aber eigentlich nicht wissen – Hiran erwähnte sie mit keinem Wort.

In der Straße der Segelmacher
Zirdan will der Gruppe folgen, in der sich neben dem Hünen Samel ein dicker, ein kleiner und ein schlaksiger Mann befinden. Denn für diese drei Körpergrößen wurden die Uniformen gestohlen.

Ein mysteriöser Plan
Tazirat meint Hannibals Lager, denn Samel sprach in der Metzgerei von einem Ziel mit vier Türmen.

Der unheimliche Gast
Der Täter kann die Schlucht erreichen, ohne von den Posten bemerkt zu werden.

In der Wolfsschlucht
Die Papyrusfetzen ergeben richtig zusammengesetzt das Wort Morgenröte, also die Parole des Tages.

Bo greift ein
Tazirat hat an Budurs Hals Aspasias wertvolle Goldkette mit der Mondsichel entdeckt.

Glossar

Amphore: Krug mit zwei Henkeln für Öl, Wein und Ähnliches. Auch Flüssigkeitsmaß (etwa 20 Liter)
Exerzierplatz: Übungsgelände für Soldaten
Infanterie: Kampftruppe zu Fuß
Kitun: Leibrock der Karthager, zumeist aus Leinen, den sowohl Frauen als auch Männer trugen. Es gab ihn mit kurzen und langen Ärmeln. Reiche Karthager leisteten sich Zierfäden und farbige Säume an ihren Kituns. Frauen verzierten ihn mitunter auch mit Schärpen.
Konsul: höchster Beamter in der römischen Republik
Mahout: Elefantentreiber
Nomaden: nicht sesshafte Hirten, die ihre Herden auf deren jahreszeitlich bedingten Wanderungen begleiten
Numider: Nomadenstamm aus dem heutigen Algerien. Die Numider waren hervorragende Reiter. Sie ritten ihre Pferde ohne Zaumzeug, Sattel und Zügel.
Palisade: Verteidigungsanlage, die aus Reihen mit zugespitzten Pfählen besteht
Papyrus: eine Art Papier, das aus den Stängeln einer Wasserpflanze, der Papyrusstaude, hergestellt wurde
Patrouille: Streife, Spähtrupp
Quinquereme: karthagisches Kriegsschiff, eine Galeere mit fünf Ruderbänken
Rekrut: Soldat in der Ausbildung
Senat: der Rat der Alten in der römischen Republik
Veteran: altgedienter Soldat

Zeittafel

264–241 v. Chr.	1. Punischer Krieg zwischen Karthago und Rom (vor allem um Sizilien und Sardinien)
266 v. Chr.	Seeschlacht von Mylae, Sieg der Römer
255 v. Chr.	Schlacht von Tunis, Sieg der Karthager unter Xanthippos mithilfe von Kriegselefanten, jahrelanger zermürbender Kleinkrieg
247 v. Chr.	Hannibal wird geboren.
241 v. Chr.	Sieg der Römer, Friedensschluss
ab 237 v. Chr.	Karthago erobert Spanien als Ersatz für Sizilien und Sardinien
227 v. Chr.	Gründung von Cartagena (Carthago Nova)
221 v. Chr.	Hannibal wird oberster karthagischer Feldherr.
218–201 v. Chr.	2. Punischer Krieg, nachdem Hannibal die Stadt Sagunt erobert und Rom Karthago den Krieg erklärt hat
218 v. Chr.	Hannibal überquert mit rund 50 000 Mann, 9 000 Reitern und 37 Kriegselefanten die Pyrenäen und die Alpen. Verlustreiche Kämpfe verringern das Heer nach der Ankunft in Oberitalien auf rund 26 000 Mann.
2.8.216 v. Chr.	Schlacht bei Cannae, schwerste Niederlage in der römischen Geschichte. 50 000 Römer sterben.
211 v. Chr.	Hannibals Angriff auf Rom misslingt

	(berühmter Ausspruch: Hannibal ante portas = Hannibal vor den Toren).
207 v. Chr.	Sieg der Römer bei Sena Gallica. Römer dringen parallel in Südspanien ein. Ende der karthagischen Herrschaft in Spanien
202 v. Chr.	Entscheidungsschlacht von Zama. Das karthagische Heer wird vernichtet. Hannibal flieht und wird in Karthago zum obersten Beamten gewählt (196 v. Chr.). Wegen eines römischen Auslieferungsantrages muss Hannibal erneut fliehen (195 v. Chr.).
183 v. Chr.	Hannibal begeht Selbstmord.
149–146 v. Chr.	3. Punischer Krieg. Dauernde, von Rom geschürte Streitigkeiten mit Masinissa, der sein Reich auf Kosten Karthagos vergrößert, treiben Karthago in einen von Rom nicht genehmigten Krieg, woraufhin Rom den Karthagern erneut den Krieg erklärt.
146 v. Chr.	Eroberung und völlige Zerstörung Karthagos. Das karthagische Gebiet wird die römische Provinz Africa.

Die Punischen Kriege

Elefanten im Krieg

Elefanten sind in vielen Kriegen des Altertums als Kampfelefanten eingesetzt worden. Für Menschen, die noch nie ein solch großes Tier gesehen haben, mag der erste Anblick erschreckend gewesen sein.

Wie Panzer im modernen Krieg sollten die Tiere die Linien der Feinde durchbrechen und Befestigungsanlagen zertrümmern. Elefanten konnten schnell durch unwegsames Gelände vorrücken und lebende Brücken über Gewässer bilden.

Die Gegner beschossen die Elefanten mit Pfeilen und Lanzen. Durch die Verletzungen wurden die sonst friedlichen Tiere derart gereizt, dass sie in den Kampf eingriffen. Das barg auch einen großen Nachteil: Waren die Tiere einmal in Panik versetzt, konnten sie nicht mehr zwischen Freund und Feind unterscheiden und richteten verheerende Verluste auch in den eigenen Reihen an. Hinzu kam, dass die Gegner ihre Abwehrtechniken gegen die gefürchteten Riesen schnell verbesserten: Man versetzte die Elefanten mit Feuer in Panik, legte Nagelbretter vor Festungen, damit sich die Tiere an den Füßen verletzten, und rammte Eisenpfähle vor schützenswerte Einrichtungen. Der berühmte römische Feldherr Cäsar ließ seine Soldaten extra in der Bekämpfung von Elefanten ausbilden. Der militärische Wert der Kampfelefanten wurde dadurch immer geringer – zum Vorteil für die Tiere: Sie brauchten fortan nicht mehr in Schlachten zu ziehen.

Hannibals Zug über die Alpen

Im Mai des Jahres 218 v. Chr. wagte ein junger, mutiger Feldherr eine einmalige Militäraktion: Der 29-jährige Hannibal führte eine gewaltige Streitmacht – bestehend aus 50 000 Männern, 9 000 Reitern und 37 Elefanten – vom südspanischen Cartagena über die Pyrenäen, durch Frankreich und über die Alpen nach Norditalien. Für viele wurde es ein Marsch des Todes durch Eis und Schnee. Immer wieder geriet der Heereszug in Hinterhalte der einheimischen Völker, vor allem der Kelten. Als das Heer im Frühjahr des Jahres 217 v. Chr. in Oberitalien ankam, lebten nur noch rund 26 000 Soldaten und acht Elefanten.

Warum wagte Hannibal dieses mörderische Unterfangen? Der karthagische Feldherr träumte davon, alle Feinde Roms zu einigen. Er wollte die römische

Vorherrschaft im Mittelmeerraum brechen. Hannibals Heer bestand zum Großteil aus kriegserfahrenen Söldnern. Unter ihnen waren Männer von den Balearen (berühmte Schleuderer), Krieger aus Numidien (brillante Reiter), Kelten, Griechen und Spanier. Die Männer hatten eines gemeinsam: ihren Hass auf die Römer. Angeführt wurden sie von karthagischen Offizieren, die für Disziplin sorgten. Hannibals Verhältnis zu den Angehörigen der verschiedenen Volksstämme war ausgezeichnet. Rund 15 Jahre gingen sie mit ihm durch dick und dünn und waren ihm treu ergeben.

Der Zweite Punische Krieg

Fast hätte Hannibal, einer der besten militärischen Taktiker der Geschichte, mit seinem Söldnerheer im Kampf gegen die Römer Erfolg gehabt. Hannibal errang in den ersten drei Jahren des Krieges mehrere bedeutende Siege, die mehr als 100 000 Römern das Leben kosteten. Hannibals Reiterei war dem Gegner haushoch überlegen. Außerdem waren die Söldner besser bewaffnet als ihre Widersacher. Ein veraltetes Militärwesen und ein schlechter Ausbildungsstand bei den Römern wirkten sich ebenso verheerend aus wie die Tatsache, dass die Römer als Sieger des letzten Krieges den Karthagern nichts zutrauten.

Nach anfänglichen Erfolgen wendete sich das Blatt jedoch. Die Römer änderten ihre Taktik und wichen den überlegenen Karthagern aus. Sie ließen das gewaltige Söldnerheer immer wieder ins Leere laufen. Hannibal verlor den Krieg nicht in Italien – er verlor ihn in seiner Heimat Spanien (Iberien). Die Niederlage Hannibals ging zu einem großen Teil auf das Konto seines nicht minder genialen Gegenspielers Scipio. Dieser griff nicht direkt an. Stattdessen marschierte Scipio in Spanien ein und besetzte die Silberminen der Karthager. Hannibal konnte sein Söldnerheer nicht mehr finanzieren. Durch den Angriff auf Afrika – der eigentlichen Heimat der Karthager – versetzte Scipio der karthagischen Macht den Todesstoß. Bei der Entscheidungsschlacht von Zama 202 v. Chr. wurde das karthagische Heer vernichtet. Die Karthager verzichteten auf Spanien und Numidien, lieferten ihre Kriegsschiffe an die Römer ab und verpflichteten sich, keine Kriege mehr außerhalb Afrikas zu führen.

Nach dieser Niederlage war Hannibal ständig auf der Flucht vor den Römern. Im Jahr 183 v. Chr. beging er schließlich Selbstmord.

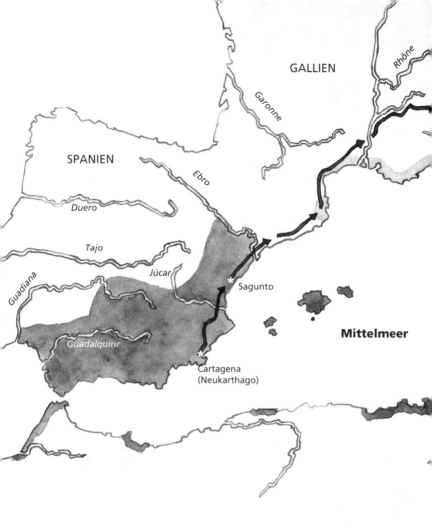

Rom und Karthago zur Zeit der Punischen Kriege

 Karthagischer Machtbereich

 Römer und römische Verbündete

 Zug Hannibals 218–216 v. Chr.

 Hannibals Rückweg 203 v. Chr.

Renée Holler, Jahrgang 1956, studierte Ethnologie und arbeitete zunächst als Buchherstellerin, bevor sie auf Reisen rund um die Welt ging. Seit 1992 lebt sie mit ihrem Mann und ihren zwei Kindern in England, wo sie schreibt und übersetzt.

Michaela Sangl wurde 1969 geboren. Die Neuseeländerin hat bereits ihr Architekturstudium mit Gesang und mit der Herstellung von ägyptischem Modeschmuck finanziert. Nach Studien in Wien, Rom und Berlin lebt Michaela Sangl heute die meiste Zeit des Jahres in Deutschland. Wenn sie nicht gerade zeichnet, singt und komponiert sie unter ihrem Künstlernamen „twin" *(twinberlin@hotmail.com).*

Anne Wöstheinrich, geboren 1969, studierte Grafik-Design in Münster. Schon als Kind hat sie sich die Zeit mit Bildern vertrieben. Heute illustriert sie Kinder-, Jugend- und Schulbücher. Ihre beiden Töchter liefern ihr dafür viele Einfälle und Ideen.

Fabian Lenk wurde 1963 in Salzgitter geboren. Der Musik-, Brettspiele- und Fußball-Fan studierte in München Diplom-Journalistik und Politik und ist heute als Redakteur tätig. Er hat seit 1996 sechs Kriminalromane für Erwachsene veröffentlicht, schreibt aber besonders gern für Kinder und Jugendliche. Fabian Lenk lebt mit seiner Familie in Norddeutschland.

Daniel Sohr, Jahrgang 1973, wurde in Tübingen geboren. Aus einer Künstlerfamilie stammend, hat er schon als Kind die Stifte seiner Mutter dazu benutzt, eigene Bilder zu malen. Heute lebt Daniel Sohr in Berlin, und das Skizzenbuch ist sein ständiger Begleiter, damit er auch unterwegs keiner seiner Ideen vergisst.

EIN DACHBODEN VOLLER GENIALER ERFINDUNGEN

ISBN 978-3-7855-7957-2
ISBN 978-3-7855-7958-9
ISBN 978-3-7855-7959-6

Ein kaputter Toaster, eine uralte Kamera, eine defekte Autobatterie: Wie konnte Nick ahnen, dass es sich bei dem Schrott auf seinem Dachboden um bahnbrechende Erfindungen Nikola Teslas handelt? Leider sind die Gegenstände nicht nur genial, sondern auch gefährlich. Denn der Geheimbund der Accelerati will sie für sich – um jeden Preis!

Unglaubliche Erfindungen des Genies Nikola Tesla spielen eine entscheidende Rolle in dieser temporeichen Abenteuergeschichte für Jungen und Mädchen!

ISBN 978-3-7855-8529-0
1. Auflage 2017 als Loewe-Taschenbuch
erschienen in der Serie *Tatort Geschichte* unter den Titeln
Rettet den Pharao! (© 2002 Loewe Verlag GmbH, Bindlach),
Verschwörung gegen Hannibal (© 2003 Loewe Verlag GmbH, Bindlach) und
Im Schatten der Akropolis (© 2003 Loewe Verlag GmbH, Bindlach)
Umschlagillustration: Daniel Sohr
Umschlaggestaltung: Ramona Karl
Printed in Germany

www.loewe-verlag.de